VÉRA ET AUTRES CONTES CRUELS

VILLIERS DE L'ISLE-ADAM

Véra et autres contes cruels

ÉDITION ÉTABLIE, PRÉSENTÉE ET ANNOTÉE PAR PIERRE GLAUDES

LE LIVRE DE POCHE
Libretti

Professeur à l'université de Toulouse, Pierre Glaudes est spécialiste de littérature française du XIXe siècle. Parmi d'autres travaux, il a fait paraître *L'Essai : métamorphoses d'un genre* (Presses universitaires du Mirail, 2002). Il a également procuré une édition des *Diaboliques* de Barbey d'Aurevilly au Livre de Poche Classiques.

© Librairie Générale Française, 2004.
ISBN : 978-2-253-19316-6 – 1re publication – LGF

Introduction

Les pièces réunies dans cette anthologie ont fait l'objet d'une publication préoriginale dans la presse avant de paraître en volume, avec d'autres, sous le titre de *Contes cruels*, en février 1883. Malgré leur diversité de genre, de ton ou de manière, elles témoignent d'une commune inspiration. Si l'on en croit Villiers lui-même, ce sont des « contes terribles écrits d'après l'esthétique d'Edgard [*sic*] Poe[1] ». Une relative concision, une facture impeccable, un climat d'inquiétante étrangeté, une certaine fulgurance des effets, tels sont les traits par lesquels elles s'apparentent aux *Histoires extraordinaires* de l'écrivain américain, dont elles ont, selon la formule de Bloy, « la splendeur de l'ébène[2] ».

Par-delà cette référence intertextuelle, on les a maintes fois situées dans la filiation du romantisme noir – Pétrus Borel, Charles Lassailly, Xavier Forneret – et l'on a relevé leur air de parenté avec ces sombres nouvelles de Maupassant, composées à la même époque, dans lesquelles le grotesque, l'absurde et l'insolite font naître la terreur. En réalité, il ne faut pas exagérer l'importance de ces rapprochements : Villiers renouvelle profondément le *topos* de la cruauté en littérature, en inventant une façon à nulle autre pareille « de faire mal ou peur au lecteur[3] ».

Mais en quoi consiste exactement cette « férocité de cannibale[4] » qu'on reconnaît volontiers à l'écrivain ? Nul doute qu'elle ne soit d'abord pour lui un effet de la vie moderne.

---

[1]. *Correspondance générale*, t. I, Paris, Mercure de France, 1962, p. 99.
[2]. L. Bloy, *Journal*, t. I, Paris, R. Laffont, « Bouquins », 1999, p. 87.
[3]. J.-P. Gourevitch, *Villiers de l'Isle-Adam*, Paris, Seghers, 1991, p. 41.
[4]. L. Bloy, *Les Funérailles du naturalisme*, Paris, Les Belles Lettres, 2001, p. 185.

Ou plutôt de ce qui la limite et la rapetisse d'emblée : le constat de la finitude humaine dont plus rien désormais ne vient élargir le cercle, une essentielle solitude face à la mort ensauvagée.

La morosité qui affecte Villiers, comme tant d'autres en cette fin de siècle, trouve son origine dans la disette spirituelle d'une société où, selon lui, l'Idéal est en faillite. Chaque individu, livré à ses propres démons, ne bénéficie plus, à ses yeux, de la moindre garantie transcendante pour s'assurer de la légitimité de sa conduite et de ses jugements. Villiers fait partie de ceux qui ont un sentiment aigu de cette crise des valeurs, de cette douloureuse contingence, dont l'envers est le regret d'une sacralité perdue.

Pour lui, du reste, la mélancolie trace une ligne de partage entre les individus. La hantise d'un tel gouffre : voilà le critère infaillible qui permet de passer les âmes au crible, en se faisant une opinion sur leur altitude. Tout dépend, en effet, de la capacité qu'ont les hommes d'éprouver ou non un sentiment d'exil qui les distingue à la manière d'un signe électif, même s'il les plonge aussitôt, tel un deuil, dans une humeur « saturnienne » : si la mélancolie leur fait courir le risque de l'engloutissement dans une apathie funeste, elle leur offre aussi la possibilité de trouver dans les profondeurs de l'imaginaire la voie d'un dépassement. L'essentiel de ce qui fut naguère la foi – dont la source vive s'est tarie – subsiste négativement dans cette souffrance ontologique, son dernier refuge.

Il existe à cet égard deux types d'humanité selon Villiers. Le premier, qui se modèle toujours peu ou prou sur la figure honnie du Bourgeois, est affecté d'un irrémédiable manque d'être : détestant la beauté, méprisant la grandeur, n'accordant de crédit qu'à l'argent et à l'utile, les fantoches qui le composent sont à ce point dégradés qu'ils semblent déjà entrés dans le néant. Un mot revient souvent sous la plume du conteur pour désigner ces créatures inconsistantes : des « spectres », à l'image de ces élégantes blafardes dont le portrait est esquissé dans « Fleurs de ténèbres ». Rien d'étonnant à ce que de tels personnages, dont le discours se réduit à de pauvres lieux communs – « Les bons comptes font les bons amis, ou Qui travaille, prie, ou Il n'y a pas de sot métier » –, ne soient le plus souvent que des figures de convention, types sociaux ou littéraires.

Villiers excelle à mettre au jour leur vide intérieur, mais aussi à montrer les replis obscurs qu'ils recèlent au plus intime de leur conscience. Car ces êtres grotesques sont aussi des monstres : s'ils retiennent d'abord l'attention par leur insignifiance, ils n'en communiquent pas moins à tout ce qu'ils approchent une négativité mortifère. À leur contact, l'amour se dégrade en possession triviale, le rêve s'éperd dans le « pratico-inerte », l'idéal naufragé s'enfonce dans des abysses de médiocrité. Les contes de Villiers peuvent ainsi se lire comme de violentes satires des mœurs contemporaines. « Les demoiselles de Bienfilâtre » retourne ironiquement les critères de la respectabilité, en les fondant sur la vénalité la plus basse.

« Vox populi » accentue la charge en montrant la stupidité de la foule qui célèbre le pouvoir, quel qu'il soit : la répétition de ses vivats en dépit des bouleversements politiques – « Vive l'Empereur ! », « Vive la République ! », « Vive la Commune ! » – discrédite l'Opinion, qu'elle incarne collectivement. À ce langage vide répond en contrepoint la plainte insistante d'un mendiant solitaire – « Prenez pitié d'un pauvre aveugle, s'il vous plaît ! » –, dans laquelle Villiers affectait de voir, dit-on, « le plus beau vers de la langue française[1] ». En laissant s'exhaler sans relâche une souffrance qu'aucun régime n'a su faire disparaître, ce lyrisme grinçant de la misère, par une sorte de « rectification prophétique », invalide les formules contingentes et creuses de la *doxa* politique. Villiers, on le voit, n'a pas son pareil pour donner un relief inusité aux ridicules de ses contemporains. Mais la satire atteint chez lui des dimensions si « hénaurmes », selon le mot de Flaubert, que le fantastique social, en s'ajoutant souvent au sarcasme, finit par donner

---

1. M. Daireaux, *Villiers de l'Isle-Adam, l'homme et l'œuvre*, Paris, Desclée, 1936, p. 351.

à ses traits, aussi effilés que le couperet de la guillotine, des allures de Jugement dernier. À ceci près, cependant, que le sens ne résiste guère à cette apocalypse...

Dans cet univers de « passants » ridicules, l'écrivain distingue, on l'a dit, un autre type d'humanité : les « vivants », les rêveurs. Chez eux, la mélancolie, ce symptôme d'un idéal cruellement insatisfait, est une source d'énergie créatrice et de fantaisie : *vis poetica*. Ces poètes en action trouvent en eux des ressources insoupçonnées qui décuplent les facultés d'invention, au point de laisser leurs chimères prendre la place de la réalité. C'est l'une des leçons que l'on peut tirer de « Véra » : le comte d'Athol, pour tenter de vaincre la mort, après la disparition de sa bien-aimée, n'a d'autre expédient que de donner vie, par la seule force de son amour, à une « *Illusion* souriante ». Il y parvient si bien, la disparue semble douée d'une si mystérieuse présence que le lecteur troublé par la multiplication des « phénomènes singuliers » est saisi par le doute, n'étant plus en mesure de distinguer entre « le réel et l'imaginaire ».

Pour comprendre la valeur de cette sorte de magie spirituelle, il faut interroger le statut de l'illusion chez l'écrivain, qui heurte le sens commun, en retournant les préjugés. Selon l'idéalisme radical qui fonde la vision du monde de Villiers, notre rapport au réel est un mirage, car l'objet n'est jamais que la représentation mentale du sujet. La forme extérieure des choses, si elle existe effectivement, n'est guère accessible à la connaissance ; seule compte l'idée, le phantasme auquel chacun donne forme dans son esprit, l'univers n'étant jamais, au fond, qu'une création subjective, le fruit de la pensée.

Ces propositions philosophiques qui vident *a priori* la réalité de toute consistance, tout en ouvrant de vastes perspectives aux rêveurs, sont aussi l'un des vecteurs de la cruauté. Car une telle libération de l'imaginaire s'effectue en dehors de toute considération morale, comme si la création onirique se situait par-delà le bien et le mal. S'il le faut, les rêveurs mélancoliques peints par Villiers cèdent sans regret à l'appel des ténèbres : ils ne reculent devant aucune transgression, dès lors qu'elle leur laisse espérer un saut dans l'infini, un frisson nouveau.

C'est sous cet éclairage baudelairien que l'on peut placer l'histoire insolite du baron Saturne, ce « dilettante de la torture » que sa monomanie – ou son besoin d'échapper au spleen, comme son nom le suggère – pousse à parcourir l'Europe en quête d'exécutions capitales, dans l'espoir de convaincre à prix d'or les bourreaux « de le laisser opérer à leur place ». Dans « Véra », la sacralisation de l'amour, malgré les apparences, n'en est pas moins « satanique ». Au plan métaphysique, ne prend-elle pas des allures de défi prométhéen ? Comme le relève le narrateur, l'absolu tout humain dont se repaissent les deux amants porte atteinte, dans la félicité de son immanence, à des valeurs par ailleurs traitées par Villiers lui-même avec une pieuse révérence : « celle de l'âme, par exemple, de l'Infini, *de Dieu même* ».

Mais les relations mouvantes du réel et de l'imaginaire dans les *Contes cruels* n'ont pas pour seul répondant le brouillage des clivages moraux. Plus radicalement encore, elles mettent en cause les valeurs qui inspirent la quête d'idéal elle-même : si l'illusionnisme de Villiers ouvre de vastes perspectives aux rêveurs, il ne s'affranchit pas, tant s'en faut, d'un amer scepticisme, qui fait la part belle à la dérision. D'un côté, le réel, puisqu'il n'est qu'une création de l'esprit, est à l'image de celui qui l'a conçu : étroit et fade, si ses facultés manquent de vigueur ; vaste et grisant, si la soif d'absolu agit puissamment sur les forces vives de son être. Au fond, chaque individu modèle l'univers qu'il invente à l'aune de son désir et se fait ainsi son propre juge.

Mais, d'un autre côté, l'homme, enfermé en lui-même et condamné à l'aridité d'un tel solipsisme, n'est-il pas la dupe de l'illusion évanescente, de l'artefact mensonger que son esprit a engendré ? Villiers, loin d'éluder cette question, laisse présager sans cesse que la toute-puissance de la pensée ne peut être dissociée de la hantise du néant, à peine jugulée, qui en est l'envers. Le rêve et la raillerie, comme deux amants terribles, sont indissolublement abouchés dans son œuvre[1], qui ne se départit jamais de cette équivoque, autre ressort essentiel de sa cruauté. C'est ce que suggère l'aventure, à la fois tragique et burlesque, d'Esprit Chaudval, le vieil histrion qui, dans « Le désir d'être un homme », allume un incendie dans un « quartier populeux » de la capitale, dans l'espoir bientôt déçu de connaître le remords : croyant échapper à la facticité des rôles qu'il a joués toute sa vie au théâtre pour éprouver enfin, dans sa plénitude, un sentiment véritable, il découvre *in fine* l'inutilité de ses efforts pour échapper à l'emprise du vide.

On a souvent remarqué que ce cabotin effrayant et pitoyable pouvait passer, à certains égards, pour un double négatif de Villiers lui-même, voire une figure de l'artiste moderne. On s'attendrait pourtant à ce qu'un écrivain donne de sa condition une image plus avantageuse. Mais les *Contes cruels*, se refusant à accréditer sans nuance l'idée que la création artistique peut être « une efficace opération de salut[2] », ne dissimulent rien de la vanité qui menace cette activité.

Villiers, de surcroît, ne déteste pas de jeter une lumière crue sur les humiliations et les tourments que son temps réserve aux artistes. Car entre ces adeptes de l'idéal et le public bourgeois, le divorce est consommé. La pauvreté et l'impuissance sont le lot de ces rêveurs enragés qui se refusent aux honteuses pratiques du mercantilisme éditorial, ou qui y sont contraints, étant repoussés par l'institution littéraire. En revanche, la « désobligeance », comme dirait Bloy, est un privilège dont ils peuvent user avec largesse : le plaisir de déplaire leur permet de se dédommager de la déchéance à laquelle ils sont voués, en rendant aux boutiquiers la monnaie de leur pièce.

Ainsi, les *Contes cruels* récusent-ils la plupart des lecteurs contemporains, pour s'adresser exclusivement à quelques

---

1. Cf. la dédicace de *L'Ève future* : « Aux rêveurs, aux railleurs ».
2. J. Starobinski, *Portrait de l'artiste en saltimbanque*, Paris, Flammarion, « Champs », 1970, p. 86.

esprits complices. Ce rejet du *common reader* a pour conséquence une redéfinition de la littérature, dont la vertu sera désormais d'offrir des difficultés aux gens « honnêtes », de les soumettre à une épreuve, une surprise, un choc, pour rompre avec les expériences de lecture auxquelles ils sont accoutumés. Imaginer des histoires brèves, au sujet inattendu, au sens équivoque, au statut indéterminé, dont le principe reste mal défini et qui semblent ne se justifier par aucune des raisons habituelles, de sorte que le lecteur en soit prodigieusement déconcerté, tel est, pour Villiers, le fondement de l'esthétique de la cruauté.

On voit bien cependant toute l'ambiguïté de cette nouvelle attitude, qui rompt avec la bienséance littéraire. La supériorité sur le lecteur que l'écrivain-bourreau tire de son humeur punitive est, à l'évidence, indissociable du sentiment d'être en réalité une victime. N'est-il pas lui-même condamné à un cruel dilemme : avoir à choisir entre prostituer son talent ou se résigner à la marginalité ? S'il soumet le lecteur à rude épreuve, le conteur chez Villiers ne propose pas pour autant une image flatteuse de lui-même. Ses doubles dans les récits – la prostituée (« Les demoiselles de Bienfilâtre »), le mendiant (« Vox populi »), le malade mental (« Le convive... »), le saltimbanque (« Le désir d'être un homme »), etc. – ne permettent guère de conserver à l'écrivain sa sacralité de mage ou de prophète. En abordant le thème de la vénalité littéraire, en identifiant l'artiste à un monomane, à un paria ou à un clown, Villiers, dans la postérité de Baudelaire, brise un tabou. Ce faisant, il renouvelle les conditions de l'échange littéraire. Par la violence de son discours, qui le vise lui-même autant que ses lecteurs, il rompt avec les attitudes convenues pour poser librement, par-delà les clivages traditionnels du beau et du laid, du sens et du non-sens, du comique et du sérieux, des questions dangereuses sur l'homme, le langage et la réalité.

Mais Villiers va plus loin : non content de montrer l'usure du langage commun, il met aussi à l'épreuve la parole poétique elle-même, faute de pouvoir recourir à un principe incontesté, qui en garantisse le pouvoir dans l'absolu. Le destin du comte d'Athol, dont on a maintes fois remarqué l'allure orphique, est à cet égard révélateur. Ce personnage, en effet, est une figure du poète, lui qui parvient, après la mort de Véra, à recréer la forme aimée à partir d'une simple idée. Mais il n'en perd pas moins son épouse une seconde fois, pour n'avoir pas cru jusqu'au bout à la toute-puissance de son imagination, comme si le narrateur voulait suggérer qu'un doute sape sourdement toute confiance dans la capacité résurrectionnelle de l'art.

Privée de caution transcendante, la littérature apparaît alors comme un recours ambigu. Car elle n'a pas d'emblée communication à l'être et n'est nullement assurée de rétablir une harmonie. Elle est, au contraire, une tentative aléatoire, tout à la fois héroïque et dérisoire, pour conjurer l'agressivité du néant au moyen d'une fiction poétique, sans pouvoir proposer une vérité stable, intemporelle, immédiatement déchiffrable. Sur fond de banqueroute théologique et morale, l'écrivain donne le réel en pâture à son imagination, l'investit de son désir pour tenter d'y faire surgir une signification, mais aussi une beauté perdue, qui l'arrache à l'angoisse de la contingence, en espérant retrouver ainsi, même dans l'éphémère, le chemin d'une possible plénitude.

Une plénitude, mais non point une totalisation du sens, qui rende au réel son unité et sa cohérence. C'est ce que suggère la clôture sur elle-même de chacune des pièces réunies dans les *Contes cruels* (justifiant ainsi le parti défendu ici d'une anthologie). À y regarder de près, on constate en effet que l'œuvre de Villiers rassemble des textes hétérogènes : des nouvelles comme « Les demoiselles de Bienfilâtre », « Véra » et « Le convive des dernières fêtes » ; des poèmes en prose, si l'on suit du moins Des Esseintes, l'esthète d'*À rebours*, qui fait figurer « Vox populi » dans son florilège ; des « chroniques », enfin, qui s'attachent à des curiosités de la vie parisienne, à l'image de « Fleurs de ténèbres ».

Dans les *Contes cruels*, l'unité formelle est à l'évidence déplacée du tout au fragment : l'autonomie de chaque texte, si elle est, au plan esthétique, l'indice de son autotélie, trahit aussi une irréductible singularité, inassimilable à l'ensemble. Il s'ensuit une certaine fragmentation du monde représenté, car celui-ci est saisi sous des espèces essentiellement instables, multiformes, dispersées. C'est ainsi que la cruauté peut être considérée comme un « principe de tension[1] » résultant de l'incertitude qui entoure le statut générique des récits, mais aussi de la diversité de leurs dispositifs énonciatifs, ou encore des ruptures de tonalité qui les font passer par exemple de la fantaisie au fantastique, de l'onirisme sublime à la pure bouffonnerie.

La disparate est ainsi érigée en système. Si une unité se dégage finalement de cette anthologie, comme du recueil tout entier, c'est dans l'ironie de Villiers qu'il faut la chercher. Mais il s'agit d'une unité bien problématique, puisque l'ironie est, par définition, duplice. Ces récits, où se multiplient les effets dialogiques, s'ingénient à ne rien avancer dont n'apparaisse sur-le-champ l'indétermination ou la réversibilité : des voix discordantes se font entendre, des discours dissonants s'enchevêtrent sans qu'aucun ordre ne permette de distinguer les valeurs et de manifester clairement la vérité. L'« esprit de goguenardise singulièrement inventif et âcre[2] » que Huysmans, dans *À rebours*, reconnaît à Villiers, est le principe actif d'une atomisation du réel, d'une opacification des signes, d'un flottement du sens qui sont, dans ces « contes au fer rouge[3] », l'ultime manifestation de la cruauté.

« Les demoiselles de Bienfilâtre », le premier de ces récits, prend de ce point de vue une valeur emblématique. Si le narrateur y renverse « le stéréotype de la jeune fille méritante et vertueuse[4] » – puisque l'inconduite d'Olympe, l'une des deux sœurs, consiste à renoncer à la prostitution par amour –, la certitude sans équivoque de savoir jusqu'au

---

1. B. Vibert, « Villiers de l'Isle-Adam et la poétique de la nouvelle... », *R.H.L.F.*, juillet-août 1998, p. 579.   2. J.-K. Huysmans, *À rebours*, Paris, Gallimard, « Folio », 1977, p. 325.   3. L'un des titres auxquels Villiers avait songé pour son œuvre, avec *Histoires énigmatiques, Histoires philosophiques* et *Histoires moroses*.   4. B. Vibert, *Villiers l'inquiéteur*, Toulouse, P.U.M., « Cribles », 1995, p. 277.

bout où se trouvent, en réalité, le vice et la vertu, et donc la possibilité de faire sans peine le départ entre le bien et le mal, le vrai et le faux, est loin d'être assurée. L'évidence de la vérité postulée par un moraliste, même lorsqu'il use de l'antiphrase dans un discours par nature sérieux, est en effet remise en cause par l'allure parodique de ce conte. En minant la gravité du propos, la parodie, « cette transmutation indéfinie et en tout sens[1] », voue à l'échec tout effort pour différencier les valeurs et préserver entre elles une hiérarchie. Le mixte d'ironie et de parodie qui caractérise le récit permet de saisir dans toute axiologie ce qu'elle a d'arbitraire, de provisoire, de mobile : il ne vise pas à établir une vérité, mais à les faire entrer toutes dans le néant.

Ainsi, le lecteur est-il constamment soumis « au vertige d'un sens déstabilisé[2] ». Avec Villiers, nul ne saurait prétendre, sans risque d'être mystifié, qu'il a pris la mesure de cet « inquiéteur ». « Tu ne sortiras pas de mon sarcasme[3] ! » semble-t-il nous dire, en un défi moqueur. C'est de cette manière que ses contes à la saveur amère – et pourtant si délectable – sont fidèles à la devise qu'il avait choisie pour sa *Revue des lettres et des arts* : « Donner à penser ».

Pierre GLAUDES.

---

1. J. Decottignies, *Villiers le taciturne*, Lille, P.U.L., « Objet », 1983, p. 21.
2. B. Vibert, *Villiers l'inquiéteur, op. cit.*, p. 388.   3. L. Bloy, *Les Funérailles du naturalisme, op. cit.*, p. 186.

Véra
et autres contes cruels

Les demoiselles de Bienfilâtre[1]

À M. Théodore de Banville[2].

> *De la lumière !...*
> Dernières paroles de GOETHE.

Pascal nous dit qu'au point de vue des faits, le Bien et le Mal sont une question de « latitude[3] ». En effet, tel acte humain s'appelle crime, ici, bonne action, là-bas, et réciproquement. – Ainsi, en Europe, l'on chérit, généralement, ses vieux parents ; – en certaines tribus de l'Amérique on leur persuade de monter sur un arbre ; puis on secoue cet arbre. S'ils tombent, le devoir sacré de tout bon fils est, comme autrefois chez les Messéniens, de les assommer sur-le-champ à grands coups de tomahawk[4], pour leur épargner les

---

1. Intitulé « L'innocente » et présenté comme une « chronique » dans une version manuscrite, ce conte est paru dans *La Semaine parisienne*, le 26 mars 1874. Son titre joue sur le double sens de « demoiselle », lequel désigne une « fille de famille qui n'est pas mariée », mais aussi, ironiquement, « une femme légère ». Le récit retourne en effet un *topos* romantique, celui de la prostituée au grand cœur, rédimée par l'amour : Marion de Lorme dans le drame de Hugo, Marguerite Duval dans *La Dame aux camélias* de Dumas fils, etc. Il s'inscrit, à cet égard, dans l'une des tendances de l'époque, illustrée par « Madame Cardinal » et « Monsieur Cardinal » de Ludovic Halévy, scènes humoristiques datant de 1870, où des parents s'indignent de voir leur fille préférer à son vieux protecteur un jeune homme désargenté.   2. Villiers a sans doute rencontré Théodore de Banville (1823-1891) en 1861, dans les locaux de *La Revue fantaisiste*. Il estimait le poète des *Stalactites* (1846), des *Odes funambulesques* (1856-1857) et du *Petit traité de poésie française* (1872), comme il appréciait son dévouement amical.   3. Allusion au célèbre fragment des *Pensées* : « Vérité au-deçà des Pyrénées, erreur au-delà » (éd. Ferreyrolles, Le Livre de Poche, p. 81).   4. *Messéniens*: peuple de la Grèce antique, installé dans le sud-ouest du Péloponnèse. *Tomahawk*: hache de guerre, employée par les

soucis de la décrépitude. S'ils trouvent la force de se cramponner à quelque branche, c'est qu'alors ils sont encore bons à la chasse ou à la pêche, et alors on sursoit à leur immolation. Autre exemple : chez les peuples du Nord, on aime à boire le vin, flot rayonnant où dort le cher soleil. Notre religion nationale nous avertit même que « le bon vin réjouit le cœur[1] ». Chez le mahométan voisin, au sud, le fait est regardé comme un grave délit. – À Sparte, le vol était pratiqué et honoré : c'était une institution hiératique[2], un complément indispensable à l'éducation de tout Lacédémonien sérieux. De là, sans doute, les grecs[3]. – En Laponie, le père de famille tient à honneur que sa fille soit l'objet de toutes les gracieusetés dont peut disposer le voyageur admis à son foyer. En Bessarabie aussi. – Au nord de la Perse, et chez les peuplades du Caboul[4], qui vivent dans de très anciens tombeaux, si, ayant reçu, dans quelque sépulcre confortable, un accueil hospitalier et cordial, vous n'êtes pas, au bout de vingt-quatre heures, du dernier mieux[5] avec toute la progéniture de votre hôte, guèbre, parsi ou wahhabite[6], il y a lieu d'espérer qu'on vous arrachera tout bonnement la tête, – supplice en vogue dans ces climats. Les actes sont donc indifférents en tant que physiques : la conscience de chacun les fait, seule, bons ou mauvais. Le point mystérieux qui gît au fond de cet immense malentendu est cette nécessité native où se trouve l'Homme de se créer des distinctions et des scrupules, de s'interdire telle action plutôt que telle autre, selon que le vent de son pays lui aura

---

Indiens d'Amérique. Il est plaisant de voir des réalités historiques et géographiques aussi disparates ainsi rapprochées par la comparaison.
1. Allusion au Psaume CIII, 15. **2.** « Qui concerne les choses sacrées » (Littré). **3.** *Grec* est ici employé au sens familier d'« homme qui filoute au jeu » (Littré). **4.** Le royaume de Kaboul – ou Caboul – en Asie centrale (l'Afghanistan actuel). **5.** Plaisante combinaison de deux locutions de sens assez proches : « être au mieux avec... » et « être du dernier bien avec... ». **6.** *Guèbre* et *parsi* : noms des descendants des Perses vaincus par les Arabes au VIIIe siècle, qui ont conservé la religion de Zoroastre ; *wahhabite* : tribu de culte musulman, vivant en Arabie, qui a adopté vers le milieu du XVIIIe siècle la réforme religieuse du cheik Abd-el-Wahhab.

soufflé celle-ci ou celle-là : l'on dirait, enfin, que l'Humanité tout entière a oublié et cherche à se rappeler, à tâtons, on ne sait quelle Loi perdue.

Il y a quelques années, florissait, orgueil de nos boulevards, certain vaste et lumineux café[1], situé presque en face d'un de nos théâtres de genre, dont le fronton rappelle celui d'un temple païen[2]. Là, se réunissait quotidiennement l'élite de ces jeunes gens qui se sont distingués depuis, soit par leur valeur artistique, soit par leur incapacité, soit par leur attitude dans les jours troubles que nous avons traversés[3].

Parmi ces derniers, il en est même qui ont tenu les rênes du char de l'État[4]. Comme on le voit, ce n'était pas de la petite bière que l'on trouvait dans ce café des Mille et Une Nuits. Le bourgeois de Paris ne parlait de ce pandémonium qu'en baissant le ton. Souventes fois, le préfet de la ville y jetait négligemment, en manière de carte de visite, une touffe choisie, un bouquet inopiné de sergents de ville ; ceux-ci, de cet air distrait et souriant qui les distingue, y époussetaient alors, en se jouant, du bout de leurs sorties-de-bal[5], les têtes espiègles et mutines. C'était une attention qui, pour être délicate, n'en était pas moins sensible. Le lendemain, il n'y paraissait plus.

Sur la terrasse, entre la rangée de fiacres et le vitrage, une pelouse de femmes, une floraison de chignons échappés du crayon de Guys[6], attifées de toilettes invraisemblables, se prélassaient sur les chaises, auprès des guéridons de fer battu peints en vert espérance. Sur ces guéridons étaient délivrés des breuvages. Les yeux tenaient de l'émerillon[7] et de la

---

1. Le café de Madrid, dont Villiers était un habitué.   2. Le théâtre des Variétés, boulevard Montmartre.   3. Allusion à la guerre franco-allemande de 1870 et à la Commune de Paris.   4. Gambetta, qui était un habitué de ce café, avait été ministre de l'Intérieur et de la Guerre, en 1870-1871, dans le gouvernement de la Défense nationale.   5. Villiers joue ironiquement sur les valeurs sémantiques de l'expression qui désigne un « vêtement que les femmes mettent en sortant du bal, pour se garantir du froid », mais aussi une « masse de fer qu'on tient avec la main fermée et qu'on appelle aussi coup de poing » (*Grand dictionnaire universel du XIXe siècle*).   6. Constantin Guys (1802-1892), dessinateur et aquarelliste, célèbre par ses évocations de la vie galante et des mœurs parisiennes.   7. Petit faucon utilisé jadis à la chasse.

volaille. Les unes conservaient sur leurs genoux un gros bouquet, les autres un petit chien, les autres rien. Vous eussiez dit qu'elles attendaient quelqu'un.

Parmi ces jeunes femmes, deux se faisaient remarquer par leur assiduité ; les habitués de la salle célèbre les nommaient, tout court, Olympe et Henriette. Celles-là venaient dès le crépuscule, s'installaient dans une anfractuosité bien éclairée, réclamaient, plutôt par contenance que par besoin réel, un petit verre de vespétro ou un « mazagran[1] », puis surveillaient le passant d'un œil méticuleux.

Et c'étaient les demoiselles de Bienfilâtre[2] !

Leurs parents, gens intègres, élevés à l'école du malheur, n'avaient pas eu le moyen de leur faire goûter les joies d'un apprentissage : le métier de ce couple austère consistant, principalement, à se suspendre, à chaque instant, avec des attitudes désespérées, à cette longue torsade qui correspond à la serrure d'une porte cochère. Dur métier ! et pour recueillir, à peine et clairsemés, quelques deniers à Dieu !!! Jamais un terne[3] n'était sorti pour eux à la loterie ! Aussi Bienfilâtre maugréait-il, en se faisant, le matin, son petit caramel. Olympe et Henriette, en pieuses filles, comprirent, de bonne heure, qu'il fallait intervenir. Sœurs de joie[4] depuis leur plus tendre enfance, elles consacrèrent le prix de leurs veilles et de leurs sueurs à entretenir une aisance modeste, il est vrai, mais honorable dans la loge. – « Dieu bénit nos efforts », disaient-elles parfois, car on leur avait inculqué de bons principes et, tôt ou tard, une première éducation, basée sur des principes solides, porte ses fruits. Lorsqu'on

---

1. *Vespétro* : « espèce de ratafia [...] composé d'eau-de-vie, de sucre, d'angélique et de coriandre » ; *mazagran* : breuvage mêlant au café noir, servi froid, du sucre et de l'alcool, « dont le nom et l'usage datent de l'héroïque défense de Mazagran en Algérie, par le capitaine Lelièvre [3-6 février 1840] » (Littré). **2.** Ce nom semble forgé, par antiphrase, sur celui de Malfilâtre (1732-1767), modèle du poète pauvre et incompris, mort dans un extrême dénuement. **3.** « Réunion de trois numéros qui ne doivent produire de gain [à la loterie] qu'à condition de sortir tous les trois au même tirage » (Littré). **4.** Mélange ironique des locutions « sœur de charité » et « fille de joie ».

s'inquiétait de savoir si leurs labeurs, excessifs quelquefois, n'altéraient pas leur santé, elles répondaient, évasivement, avec cet air doux et embarrassé de la modestie et en baissant les yeux : « Il y a des grâces d'état... »

Les demoiselles de Bienfilâtre étaient, comme on dit, de ces ouvrières « qui vont en journée la nuit ». Elles accomplissaient aussi dignement que possible (vu certains préjugés du monde), une tâche ingrate, souvent pénible. Elles n'étaient pas de ces désœuvrées qui proscrivent, comme déshonorant, le saint calus du travail, et n'en rougissaient point. On citait d'elles plusieurs beaux traits dont la cendre de Montyon[1] avait dû tressaillir dans son beau cénotaphe[2]. – Un soir, entre autres, elles avaient rivalisé d'émulation et s'étaient surpassées elles-mêmes pour solder la sépulture d'un vieux oncle, lequel ne leur avait cependant légué que le souvenir de taloches variées dont la distribution avait eu lieu naguère, aux jours de leur enfance. Aussi étaient-elles vues d'un bon œil par tous les habitués de la salle estimable, parmi lesquels se trouvaient des gens qui ne transigeaient pas. Un signe amical, un bonsoir de la main répondaient toujours à leur regard et à leur sourire. Jamais personne ne leur avait adressé un reproche ni une plainte. Chacun reconnaissait que leur commerce était doux, affable. Bref, elles ne devaient rien à personne, faisaient honneur à tous leurs engagements et pouvaient, par conséquent, porter haut la tête. Exemplaires, elles mettaient de côté pour l'imprévu, pour « quand les temps seraient durs », pour se retirer honorablement des affaires un jour. – Rangées, elles fermaient le dimanche. En filles sages, elles ne prêtaient point l'oreille aux propos des jeunes muguets[3], qui ne sont bons qu'à détourner les jeunes filles de la voie rigide du devoir et du

---

1. Célèbre philanthrope, le baron de Montyon (1733-1820) mit une partie de sa fortune au service d'œuvres de charité et créa en 1782 un prix de Vertu, décerné chaque année par l'Académie française. **2.** Nouvelle plaisanterie : un cénotaphe – du grec *kenotaphion*, « tombeau vide à la mémoire d'un mort enterré ailleurs ou sans sépulture » – est par définition un monument funéraire qui ne renferme aucun corps. **3.** « Jeunes gens faisant profession d'élégance et de galanterie » (Littré).

travail. Elles pensaient qu'aujourd'hui la lune seule est gratuite en amour. Leur devise était : « Célérité, Sécurité, Discrétion » ; et, sur leurs cartes de visite, elles ajoutaient : « Spécialités. »

Un jour, la plus jeune, Olympe, tourna mal. Jusqu'alors irréprochable, cette malheureuse enfant écouta les tentations auxquelles l'exposait plus que d'autres (qui la blâmeront trop vite peut-être) le milieu où son état la contraignait de vivre. Bref, elle fit une faute : – elle aima.

Ce fut sa première faute ; mais qui donc a sondé l'abîme où peut nous entraîner une première faute ? Un jeune étudiant, candide, beau, doué d'une âme artiste et passionnée, mais pauvre comme Job, un nommé Maxime, dont nous taisons le nom de famille, lui conta des douceurs et la mit à mal.

Il inspira la passion céleste à cette pauvre enfant qui, vu sa position, n'avait pas plus de droits à l'éprouver qu'Ève à manger le fruit divin de l'Arbre de la Vie. De ce jour, tous ses devoirs furent oubliés. Tout alla sans ordre et à la débandade. Lorsqu'une fillette a l'amour en tête, va te faire lanlaire[1] !

Et sa sœur, hélas ! cette noble Henriette, qui maintenant pliait, comme on dit, sous le fardeau ! Parfois, elle se prenait la tête dans les mains, doutant de tout, de la famille, des principes, de la Société même ! – « Ce sont des mots ! » criait-elle. Un jour, elle avait rencontré Olympe vêtue d'une petite robe noire, en cheveux, et une petite jatte de fer-blanc à la main. Henriette, en passant, sans faire semblant de la reconnaître, lui avait dit très bas : « Ma sœur, votre conduite est inqualifiable ! Respectez, au moins, les apparences ! »

Peut-être, par ces paroles, espérait-elle un retour vers le bien.

Tout fut inutile. Henriette sentit qu'Olympe était perdue ; elle rougit, et passa.

Le fait est qu'on avait jasé dans la salle honorable. Le

---

[1]. Locution populaire : « envoyer faire lanlaire, envoyer promener » (Littré).

soir, lorsque Henriette arrivait seule, ce n'était plus le même accueil. Il y a des solidarités. Elle s'apercevait de certaines nuances, humiliantes. On lui marquait plus de froideur depuis la nouvelle de la malversation[1] d'Olympe. Fière, elle souriait comme le jeune Spartiate dont un renard déchirait la poitrine, mais, en ce cœur sensible et droit, tous ces coups portaient. Pour la vraie délicatesse, un rien fait plus de mal souvent que l'outrage grossier, et, sur ce point, Henriette était d'une sensibilité de sensitive[2]. Comme elle dut souffrir !

Et le soir donc, au souper de la famille ! Le père et la mère, baissant la tête, mangeaient en silence. On ne parlait point de l'absente. Au dessert, au moment de la liqueur, Henriette et sa mère, après s'être jeté un regard, à la dérobée, et avoir essuyé une larme respective, avaient un muet serrement de main sous la table. Et le vieux portier, désaccordé, tirait alors le cordon, sans motif, pour dissimuler quelque pleur. Parfois, brusque et en détournant la tête, il portait la main à sa boutonnière comme pour en arracher de vagues décorations.

Une fois, même, le suisse tenta de recouvrer sa fille. Morne, il prit sur lui de gravir les quelques étages du jeune homme. Là : « Je désirerais ma pauvre enfant ! sanglota-t-il. – Monsieur, répondit Maxime, je l'aime, et vous prie de m'accorder sa main. – Misérable ! » s'était exclamé Bienfilâtre en s'enfuyant, révolté de ce « cynisme ».

Henriette avait épuisé le calice. Il fallait une dernière tentative ; elle se résigna donc à risquer tout, même le scandale. Un soir, elle apprit que la déplorable Olympe devait venir au café régler une ancienne petite dette : elle prévint sa famille, et l'on se dirigea vers le café lumineux.

Pareille à la Mallonia déshonorée par Tibère et se présentant devant le Sénat romain pour accuser son violateur, avant de se poignarder en son désespoir[3], Henriette entra dans la salle des austères. Le père et la mère, par dignité, restèrent

---

1. « Toute espèce de désordre, de mauvaise conduite » (Littré).
2. Variété de mimosa « qui replie ses feuilles dès qu'on la touche » ; au figuré, « se dit d'une personne que les moindres choses effarouchent » (Littré).   3. Voir Suétone, *Vie des douze Césars*, « Tibère », XLV.

à la porte. On prenait le café. À la vue d'Henriette, les physionomies s'aggravèrent d'une certaine sévérité ; mais comme on s'aperçut qu'elle voulait parler, les longues plaquettes des journaux s'abaissèrent sur les tables de marbre et il se fit un religieux silence : il s'agissait de juger.

L'on distinguait dans un coin, honteuse et se faisant presque invisible, Olympe et sa petite robe noire, à une petite table isolée.

Henriette parla. Pendant son discours, on entrevoyait, à travers le vitrage, les Bienfilâtre inquiets, qui regardaient sans entendre. À la fin, le père n'y put tenir ; il entrebâilla la porte, et, penché, l'oreille au guet, la main sur le bouton de la serrure, il écoutait.

Et des lambeaux de phrases lui arrivaient lorsque Henriette élevait un peu la voix : « L'on se devait à ses semblables !... Une telle conduite... C'était se mettre à dos tous les gens sérieux... Un galopin qui ne lui donne pas un radis !... Un vaurien !... – L'ostracisme qui pesait sur elle... Dégager sa responsabilité... Une fille qui a jeté son bonnet par-dessus les moulins[1] !... qui baye aux grues..., qui, naguère encore... tenait le haut du pavé... Elle espérait que la voix de ces messieurs, plus autorisée que la sienne, que les conseils de leur vieille expérience éclairée... ramèneraient à des idées plus saines et plus pratiques... On n'est pas sur la terre pour s'amuser !... Elle les suppliait de s'entremettre... Elle avait fait appel à des souvenirs d'enfance !... à la voix du sang ! Tout avait été vain... Rien ne vibrait plus en elle. Une fille perdue ! – Et quelle aberration !... Hélas ! »

À ce moment, le père entra, courbé, dans la salle honorable. À l'aspect du malheur immérité, tout le monde se leva. Il est de certaines douleurs qu'on ne cherche pas à consoler. Chacun vint, en silence, serrer la main du digne vieillard, pour lui témoigner, discrètement, de la part qu'on prenait à son infortune.

Olympe se retira, honteuse et pâle. Elle avait hésité un instant, se sentant coupable, à se jeter dans les bras de la

---

1. Qui a « bravé l'opinion, les bienséances » (Littré).

famille et de l'amitié, toujours ouverts au repentir. Mais la passion l'avait emporté. Un premier amour jette dans le cœur de profondes racines qui étouffent jusqu'aux germes des sentiments antérieurs.

Toutefois l'esclandre avait eu, dans l'organisme d'Olympe, un retentissement fatal. Sa conscience, bourrelée, se révoltait. La fièvre la prit le lendemain. Elle se mit au lit. Elle *mourait de honte*, littéralement. Le moral tuait le physique : la lame usait le fourreau.

Couchée dans sa petite chambrette, et sentant les approches du trépas, elle appela. De bonnes âmes voisines lui amenèrent un ministre du ciel. L'une d'entre elles émit cette remarque qu'Olympe était faible et avait besoin de prendre des *fortifications*. Une fille à tout faire lui monta donc un potage.

Le prêtre parut.

Le vieil ecclésiastique s'efforça de la calmer par des paroles de paix, d'oubli et de miséricorde.

« J'ai eu un amant !... » murmurait Olympe, s'accusant ainsi de son déshonneur.

Elle omettait toutes les peccadilles, les murmures, les impatiences de sa vie. Cela, seulement, lui venait à l'esprit : c'était l'obsession. « Un amant ! Pour le plaisir ! Sans rien gagner ! » Là était le crime.

Elle ne voulait pas atténuer sa faute en parlant de sa vie antérieure, jusque-là toujours pure et toute d'abnégation. Elle sentait bien que là elle était irréprochable. Mais cette honte, où elle succombait, d'avoir fidèlement gardé de l'amour à un jeune homme sans position et qui, suivant l'expression exacte et vengeresse de sa sœur, ne lui donnait pas un radis ! Henriette, qui n'avait jamais failli, lui apparaissait comme dans une gloire. Elle se sentait condamnée et redoutait les foudres du souverain juge, vis-à-vis duquel elle pouvait se trouver face à face, d'un moment à l'autre.

L'ecclésiastique, habitué à toutes les misères humaines, attribuait au délire certains points qui lui paraissaient inexplicables – diffus même – dans la confession d'Olympe. Il y eut là, peut-être, un quiproquo, certaines expressions de la pauvre enfant ayant rendu l'abbé rêveur, deux ou trois fois. Mais le repentir, le remords, étant le point unique dont il devait se préoccuper, peu importait le *détail* de la faute ; la bonne volonté de la pénitente, sa douleur sincère suffisaient. Au moment donc où il allait élever la main pour absoudre, la porte s'ouvrit bruyamment : c'était Maxime, splendide, l'air heureux et rayonnant, la main pleine de quelques écus et de trois ou quatre napoléons qu'il faisait danser et sonner triomphalement. Sa famille s'était exécutée à l'occasion de ses examens : c'était pour ses inscriptions.

Olympe, sans remarquer d'abord cette significative circonstance atténuante, étendit, avec horreur, ses bras vers lui.

Maxime s'était arrêté, stupéfait de ce tableau.

« Courage, mon enfant !... » murmura le prêtre, qui crut voir, dans le mouvement d'Olympe, un adieu définitif à l'objet d'une joie coupable et immodeste.

En réalité, c'était seulement le *crime* de ce jeune homme qu'elle repoussait – et ce crime était de n'être pas « sérieux ».

Mais au moment où l'auguste pardon descendait sur elle, un sourire céleste illumina ses traits innocents ; le prêtre pensa qu'elle se sentait sauvée et que d'obscures visions séraphiques transparaissaient pour elle sur les mortelles ténèbres de la dernière heure. – Olympe, en effet, venait de voir, vaguement, les pièces du métal sacré reluire entre les doigts transfigurés de Maxime. Ce fut, seulement, *alors*, qu'elle sentit les effets salutaires des miséricordes suprêmes ! Un voile se déchira. C'était le miracle ! Par ce signe évident, elle se voyait pardonnée d'en haut, et rachetée.

Éblouie, la conscience apaisée, elle ferma les paupières comme pour se recueillir avant d'ouvrir ses ailes vers les bleus infinis. Puis ses lèvres s'entrouvrirent et son dernier souffle s'exhala, comme le parfum d'un lis, en murmurant ces paroles d'espérance : « Il a éclairé[1] ! »

---

1. Expression de joueur : *éclairer* signifie alors « mettre sur table l'enjeu que l'on a proposé » (*Grand dictionnaire universel du XIXᵉ siècle*). A. Raitt et P.-G. Castex précisent, dans l'édition de la Pléiade, que « l'or est ici le substitut de la grâce », le « jeu de mot final » donnant « une résonance ironique à l'épigraphe : "De la lumière !" » (*Œuvres complètes* [*O.C.*], t. I, Paris, Gallimard, 1986, p. 1346).

Véra[1]

À Mme la comtesse d'Osmoy[2].

La forme du corps lui est plus essentielle que sa substance.
La Physiologie moderne[3].

L'Amour est plus fort que la Mort, a dit Salomon[4] : oui, son mystérieux pouvoir est illimité.

C'était à la tombée d'un soir d'automne, en ces dernières années, à Paris. Vers le sombre faubourg Saint-Germain, des voitures, allumées déjà, roulaient, attardées, après l'heure du Bois. L'une d'elles s'arrêta devant le portail d'un vaste hôtel seigneurial, entouré de jardins séculaires ; le cintre était surmonté de l'écusson de pierre, aux armes de l'antique famille des comtes d'Athol, savoir : *d'azur, à l'étoile abîmée d'argent*, avec la devise *Pallida Victrix*[5], sous la couronne retroussée d'hermine au bonnet princier. Les lourds battants s'écartèrent. Un homme de trente à

---

1. Publié dans *La Semaine parisienne*, le 7 mai 1874, avec, en sur-titre, « Histoires mystérieuses », ce conte reprend le *topos* fantastique de la « morte amoureuse », illustré par Gautier dans la nouvelle du même nom et dans « Spirite ».   **2.** Épouse du comte d'Osmoy (1827-1894), homme politique et écrivain. Il avait été l'un des promoteurs du drame de Villiers, *Le Nouveau Monde*, lorsque celui-ci avait été joué au théâtre des Nations, le 19 février 1883.   **3.** Cette épigraphe, qui fait écho à une phrase de « Claire Lenoir », chap. x (*O.C.*, t. II, *op. cit.*, p. 180), a été trouvée par Villiers sous la plume d'Auguste Vera, dans son *Introduction à la philosophie de Hegel* (1855), où elle est attribuée à Cuvier.   **4.** Formule apparemment inspirée par le Cantique des cantiques, VIII, 6 (livre de l'Ancien Testament attribué à Salomon) : « L'amour est fort comme la mort. » En réalité, Villiers cite ici, mot pour mot, « La morte amoureuse » de Gautier (*Œuvres*, éd. P. Tortonese, Paris, R. Laffont, « Bouquins », 1995, p. 450).   **5.** « Pâle, mais victorieuse. »

trente-cinq ans, en deuil, au visage mortellement pâle, descendit. Sur le perron, de taciturnes serviteurs élevaient des flambeaux. Sans les voir, il gravit les marches et entra. C'était le comte d'Athol[1].

Chancelant, il monta les blancs escaliers qui conduisaient à cette chambre où, le matin même, il avait couché dans un cercueil de velours et enveloppé de violettes, en des flots de batiste, sa dame de volupté, sa pâlissante épousée, Véra[2], son désespoir.

En haut, la douce porte tourna sur le tapis ; il souleva la tenture.

Tous les objets étaient à la place où la comtesse les avait laissés la veille. La Mort, subite, avait foudroyé. La nuit dernière, sa bien-aimée s'était évanouie en des joies si profondes, s'était perdue en de si exquises étreintes, que son cœur, brisé de délices, avait défailli : ses lèvres s'étaient brusquement mouillées d'une pourpre mortelle. À peine avait-elle eu le temps de donner à son époux un baiser d'adieu, en souriant, sans une parole : puis ses longs cils, comme des voiles de deuil, s'étaient abaissés sur la belle nuit de ses yeux.

La journée sans nom était passée.

Vers midi, le comte d'Athol, après l'affreuse cérémonie du caveau familial, avait congédié au cimetière la noire escorte. Puis, se renfermant, seul, avec l'ensevelie, entre les quatre murs de marbre, il avait tiré sur lui la porte de fer du mausolée. – De l'encens brûlait sur un trépied, devant le cercueil ; – une couronne lumineuse de lampes, au chevet de la jeune défunte, l'étoilait.

Lui, debout, songeur, avec l'unique sentiment d'une tendresse sans espérance, était demeuré là, tout le jour. Sur les six heures, au crépuscule, il était sorti du lieu sacré. En refermant le sépulcre, il avait arraché de la serrure la clef d'argent, et, se haussant sur la dernière marche du seuil, il

---

1. Ce titre, attesté depuis le XVIIe siècle, est celui d'une famille de nobles écossais.   2. Ce nom indique une origine slave. En latin, *vera* signifie en outre « la Vraie », ce qui suggère que l'héroïne incarne l'amour véritable.

l'avait jetée doucement dans l'intérieur du tombeau. Il l'avait lancée sur les dalles intérieures par le trèfle qui surmontait le portail. – Pourquoi ceci ?... À coup sûr d'après quelque résolution mystérieuse de ne plus revenir.

Et maintenant il revoyait la chambre veuve.

La croisée, sous les vastes draperies de cachemire mauve broché d'or, était ouverte : un dernier rayon du soir illuminait, dans un cadre de bois ancien, le grand portrait de la trépassée. Le comte regarda, autour de lui, la robe jetée, la veille, sur un fauteuil ; sur la cheminée, les bijoux, le collier de perles, l'éventail à demi fermé, les lourds flacons de parfums qu'*Elle* ne respirerait plus. Sur le lit d'ébène aux colonnes tordues, resté défait, auprès de l'oreiller où la place de la tête adorée et divine était visible encore au milieu des dentelles, il aperçut le mouchoir rougi de gouttes de sang où sa jeune âme avait battu de l'aile un instant ; le piano ouvert, supportant une mélodie inachevée à jamais ; les fleurs indiennes cueillies par elle, dans la serre, et qui se mouraient dans de vieux vases de Saxe ; et, au pied du lit, sur une fourrure noire, les petites mules de velours oriental, sur lesquelles une devise rieuse de Véra brillait, brodée en perles : *Qui verra Véra l'aimera*. Les pieds nus de la bien-aimée y jouaient hier matin, baisés, à chaque pas, par le duvet des cygnes ! – Et là, là, dans l'ombre, la pendule, dont il avait brisé le ressort pour qu'elle ne sonnât plus d'autres heures.

Ainsi elle était partie !... *Où* donc !... Vivre maintenant ? – Pour quoi faire ?... C'était impossible, absurde.

Et le comte s'abîmait en des pensées inconnues.

Il songeait à toute l'existence passée. – Six mois s'étaient écoulés depuis ce mariage. N'était-ce pas à l'étranger, au bal d'une ambassade qu'il l'avait vue pour la première fois ?... Oui. Cet instant ressuscitait devant ses yeux, très distinct. Elle lui apparaissait là, radieuse. Ce soir-là, leurs regards s'étaient rencontrés. Ils s'étaient reconnus, intimement, de pareille nature, et devant s'aimer à jamais.

Les propos décevants, les sourires qui observent, les insinuations, toutes les difficultés que suscite le monde pour retarder l'inévitable félicité de ceux qui s'appartiennent, s'étaient évanouis devant la tranquille certitude qu'ils eurent, à l'instant même, l'un de l'autre.

Véra, lassée des fadeurs cérémonieuses de son entourage, était venue vers lui dès la première circonstance contrariante, simplifiant ainsi, d'auguste façon, les démarches banales où se perd le temps précieux de la vie.

Oh! comme, aux premières paroles, les vaines appréciations des indifférents à leur égard leur semblèrent une volée d'oiseaux de nuit rentrant dans les ténèbres! Quel sourire ils échangèrent! Quel ineffable embrassement!

Cependant leur nature était des plus étranges, en vérité! – C'étaient deux êtres doués de sens merveilleux, mais exclusivement terrestres. Les sensations se prolongeaient en eux avec une intensité inquiétante. Ils s'y oubliaient eux-mêmes à force de les éprouver. Par contre, certaines idées, celle de l'âme, par exemple, de l'Infini, *de Dieu même*, étaient comme voilées à leur entendement. La foi d'un grand nombre de vivants aux choses surnaturelles n'était pour eux qu'un sujet de vagues étonnements : lettre close dont ils ne se préoccupaient pas, n'ayant pas qualité pour condamner ou justifier. – Aussi, reconnaissant bien que le monde leur était étranger, ils s'étaient isolés, aussitôt leur union, dans ce vieux et sombre hôtel, où l'épaisseur des jardins amortissait les bruits du dehors.

Là, les deux amants s'ensevelirent dans l'océan de ces joies languides et perverses où l'esprit se mêle à la chair mystérieuse! Ils épuisèrent la violence des désirs, les frémissements et les tendresses éperdues. Ils devinrent le battement de l'être l'un de l'autre. En eux, l'esprit pénétrait si bien le corps, que leurs formes leur semblaient intellectuelles, et que les baisers, mailles brûlantes, les enchaînaient dans une fusion idéale. Long éblouissement! Tout à coup, le charme se rompait; l'accident terrible les désunissait; leurs bras s'étaient désenlacés. Quelle ombre lui avait pris sa chère morte? Morte! non. Est-ce que l'âme des violoncelles est emportée dans le cri d'une corde qui se brise?

Les heures passèrent.

Il regardait, par la croisée, la nuit qui s'avançait dans les cieux : et la Nuit lui apparaissait *personnelle* ; – elle lui semblait une reine marchant, avec mélancolie, dans l'exil, et l'agrafe de diamant de sa tunique de deuil, Vénus, seule, brillait, au-dessus des arbres, perdue au fond de l'azur.

« C'est Véra », pensa-t-il.

À ce nom, prononcé tout bas, il tressaillit en homme qui s'éveille ; puis, se dressant, regarda autour de lui.

Les objets, dans la chambre, étaient maintenant éclairés par une lueur jusqu'alors imprécise, celle d'une veilleuse, bleuissant les ténèbres, et que la nuit, montée au firmament, faisait apparaître ici comme une autre étoile. C'était la veilleuse, aux senteurs d'encens, d'un iconostase[1], reliquaire familial de Véra. Le triptyque, d'un vieux bois précieux, était suspendu, par sa sparterie[2] russe, entre la glace et le tableau. Un reflet des ors de l'intérieur tombait, vacillant, sur le collier, parmi les joyaux de la cheminée.

Le plein-nimbe[3] de la Madone en habits de ciel brillait, rosacé de la croix byzantine dont les fins et rouges linéaments, fondus dans le reflet, ombraient d'une teinte de sang l'orient ainsi allumé des perles. Depuis l'enfance, Véra plaignait, de ses grands yeux, le visage maternel et si pur de l'héréditaire madone, et, de sa nature, hélas ! ne pouvant lui consacrer qu'un *superstitieux* amour, le lui offrait parfois, naïve, pensivement, lorsqu'elle passait devant la veilleuse.

Le comte, à cette vue, touché de rappels douloureux jusqu'au plus secret de l'âme, se dressa, souffla vite la lueur sainte, et, à tâtons, dans l'ombre, étendant la main vers une torsade, sonna.

Un serviteur parut : c'était un vieillard vêtu de noir ; il tenait une lampe, qu'il posa devant le portrait de la comtesse.

---

1. Cloison servant de support à une icône. Le mot est habituellement féminin. 2. Ouvrage fabriqué avec les fibres de la « sparte » (une graminée) ou avec un textile végétal analogue. Le mot désigne en particulier une natte tressée d'usage décoratif. 3. Un « nimbe » est un cercle lumineux dont les artistes, dans leurs images des saints et du Christ, entourent parfois la tête du personnage. « Plein » entre dans la construction du substantif, auquel il ajoute une idée de complétude.

Lorsqu'il se retourna, ce fut avec un frisson de superstitieuse terreur qu'il vit son maître debout et souriant comme si rien ne se fût passé.

« Raymond, dit tranquillement le comte, *ce soir, nous sommes accablés de fatigue, la comtesse et moi* ; tu serviras le souper vers dix heures. – À propos, nous avons résolu de nous isoler davantage, ici, dès demain. Aucun de mes serviteurs, hors toi, ne doit passer la nuit dans l'hôtel. Tu leur remettras les gages de trois années, et qu'ils se retirent. – Puis, tu fermeras la barre du portail ; tu allumeras les flambeaux en bas, dans la salle à manger ; tu nous suffiras. – Nous ne recevrons personne à l'avenir. »

Le vieillard tremblait et le regardait attentivement.

Le comte alluma un cigare et descendit aux jardins.

Le serviteur pensa d'abord que la douleur trop lourde, trop désespérée, avait égaré l'esprit de son maître. Il le connaissait depuis l'enfance ; il comprit, à l'instant, que le heurt d'un réveil trop soudain pouvait être fatal à ce somnambule. Son devoir, d'abord, était le respect d'un tel secret.

Il baissa la tête. Une complicité dévouée à ce religieux rêve ? Obéir ?... Continuer de *les* servir sans tenir compte de la Mort ? – Quelle étrange idée !... Tiendrait-elle une nuit ?... Demain, demain, hélas !... Ah ! qui savait ?... Peut-être !... – Projet sacré, après tout ! – De quel droit réfléchissait-il ?...

Il sortit de la chambre, exécuta les ordres à la lettre et, le soir même, l'insolite existence commença.

Il s'agissait de créer un mirage terrible.

La gêne des premiers jours s'effaça vite. Raymond, d'abord avec stupeur, puis par une sorte de déférence et de tendresse, s'était ingénié si bien à être naturel, que trois semaines ne s'étaient pas écoulées qu'il se sentit, par moments, presque dupe lui-même de sa bonne volonté. L'arrière-pensée pâlissait ! Parfois, éprouvant une sorte de vertige, il eut besoin de se dire que la comtesse était positivement défunte. Il se prenait à ce jeu funèbre et oubliait à chaque instant la réalité. Bientôt il lui fallut plus d'une réflexion pour se convaincre et se ressaisir. Il vit bien qu'il finirait par s'abandonner tout entier au magnétisme effrayant dont le comte pénétrait peu à peu l'atmosphère autour d'eux. Il avait peur, une peur indécise, douce.

D'Athol, en effet, vivait absolument dans l'inconscience de la mort de sa bien-aimée ! Il ne pouvait que la trouver toujours présente, tant la forme de la jeune femme était mêlée à la sienne. Tantôt, sur un banc du jardin, les jours de soleil, il lisait, à haute voix, les poésies qu'elle aimait ; tantôt, le soir, auprès du feu, les deux tasses de thé sur un guéridon, il causait avec l'*Illusion* souriante, assise, à ses yeux, sur l'autre fauteuil.

Les jours, les nuits, les semaines s'envolèrent. Ni l'un ni l'autre ne savait ce qu'ils accomplissaient. Et des phénomènes singuliers se passaient maintenant, où il devenait difficile de distinguer le point où l'imaginaire et le réel étaient identiques. Une présence flottait dans l'air : une forme s'efforçait de transparaître, de se tramer sur l'espace devenu indéfinissable.

D'Athol vivait double, en illuminé. Un visage doux et pâle, entrevu comme l'éclair, entre deux clins d'yeux ; un faible accord frappé au piano, tout à coup ; un baiser qui lui fermait la bouche au moment où il allait parler, des affinités de pensées *féminines* qui s'éveillaient en lui en réponse à ce qu'il disait, un dédoublement de lui-même tel, qu'il sentait, comme en un brouillard fluide, le parfum vertigineusement doux de sa bien-aimée auprès de lui, et, la nuit, entre la veille et le sommeil, des paroles entendues très bas : tout l'avertissait. C'était une négation de la Mort élevée, enfin, à une puissance inconnue !

Une fois, d'Athol la sentit et la vit si bien auprès de lui, qu'il la prit dans ses bras : mais ce mouvement la dissipa.

« Enfant ! » murmura-t-il en souriant.

Et il se rendormit comme un amant boudé par sa maîtresse rieuse et ensommeillée.

Le jour de *sa* fête, il plaça, par plaisanterie, une immortelle dans le bouquet qu'il jeta sur l'oreiller de Véra.

« Puisqu'elle se croit morte », dit-il.

Grâce à la profonde et toute-puissante volonté de M. d'Athol, qui, à force d'amour, forgeait la vie et la présence de sa femme dans l'hôtel solitaire, cette existence avait fini par devenir d'un charme sombre et persuadeur. – Raymond, lui-même, n'éprouvait plus aucune épouvante, s'étant graduellement habitué à ces impressions.

Une robe de velours noir aperçue au détour d'une allée; une voix rieuse qui l'appelait dans le salon; un coup de sonnette le matin, à son réveil, comme autrefois; tout cela lui était devenu familier : on eût dit que la morte jouait à l'invisible, comme une enfant. Elle se sentait aimée tellement ! C'était bien *naturel*.

Une année s'était écoulée.

Le soir de l'Anniversaire, le comte, assis auprès du feu, dans la chambre de Véra, venait de *lui* lire un fabliau florentin : *Callimaque*[1]. Il ferma le livre; puis en se servant du thé :

« *Douschka*[2], dit-il, te souviens-tu de la Vallée-des-Roses, des bords de la Lahn[3], du château des Quatre-Tours ?... Cette histoire te les a rappelés, n'est-ce pas ? »

Il se leva, et, dans la glace bleuâtre, il se vit plus pâle qu'à l'ordinaire. Il prit un bracelet de perles dans une coupe et regarda les perles attentivement. Véra ne les avait-elle pas ôtées de son bras, tout à l'heure, avant de se dévêtir ? Les perles étaient encore tièdes et leur orient plus adouci, comme par la chaleur de sa chair. Et l'opale de ce collier sibérien, qui aimait aussi le beau sein de Véra jusqu'à pâlir, maladivement, dans son treillis d'or, lorsque la jeune femme l'oubliait pendant quelque temps ! Autrefois, la comtesse aimait pour cela cette pierrerie fidèle !... Ce soir l'opale brillait comme si elle venait d'être quittée et comme si le magnétisme exquis de la belle morte la pénétrait encore. En reposant le collier et la pierre précieuse, le comte toucha par hasard le mouchoir de batiste dont les gouttes de sang étaient humides et rouges comme des œillets sur de la neige !... Là,

---

1. Villiers songe peut-être à *La Mandragore* de Machiavel, l'écrivain florentin. Cette comédie, reprise par La Fontaine dans ses *Contes* (IIIe partie, II), présente un jeune libertin portant ce nom. 2. « Chérie », en russe. 3. Rivière d'Allemagne, prenant sa source en Westphalie.

sur le piano, qui donc avait tourné la page finale de la mélodie d'autrefois ? Quoi ! la veilleuse sacrée s'était rallumée, dans le reliquaire ! Oui, sa flamme dorée éclairait mystiquement le visage, aux yeux fermés, de la Madone ! Et ces fleurs orientales nouvellement cueillies, qui s'épanouissaient là, dans les vieux vases de Saxe, quelle main venait de les y placer ? La chambre semblait joyeuse et douée de vie, d'une façon plus significative et plus intense que d'habitude. Mais rien ne pouvait surprendre le comte ! Cela lui semblait tellement normal, qu'il ne fit même pas attention que l'heure sonnait à cette pendule arrêtée depuis une année.

Ce soir-là, cependant, on eût dit que, du fond des ténèbres, la comtesse Véra s'efforçait adorablement de revenir dans cette chambre tout embaumée d'elle ! Elle y avait laissé tant de sa personne ! Tout ce qui avait constitué son existence l'y attirait. Son charme y flottait ; les longues violences faites par la volonté passionnée de son époux y devaient avoir desserré les vagues liens de l'Invisible autour d'elle !...

Elle y était *nécessitée*. Tout ce qu'elle aimait, c'était là.

Elle devait avoir envie de venir se sourire encore en cette glace mystérieuse où elle avait tant de fois admiré son lilial[1] visage ! La douce morte, là-bas, avait tressailli, certes, dans ses violettes, sous les lampes éteintes ; la divine morte avait frémi, dans le caveau, toute seule, en regardant la clef d'argent jetée sur les dalles. Elle voulait s'en venir vers lui, aussi ! Et sa volonté se perdait dans l'idée de l'encens et de l'isolement. La Mort n'est une circonstance définitive que pour ceux qui espèrent des cieux ; mais la Mort, et les Cieux, et la Vie, pour elle, n'était-ce pas leur embrassement ? Et le baiser solitaire de son époux attirait ses lèvres, dans l'ombre. Et le son passé des mélodies, les paroles enivrées de jadis, les étoffes qui couvraient son corps et en gardaient le parfum, ces pierreries magiques qui la *voulaient*, dans leur

---

1. Selon le *Dictionnaire historique de la langue française*, cet adjectif est inusité avant la fin du XIXe siècle, où les écrivains symbolistes et décadents l'emploient pour désigner, au figuré, « ce qui est digne du lis, emblème de pureté ».

obscure sympathie, – et surtout l'immense et absolue impression de sa présence, opinion partagée à la fin par les choses elles-mêmes, tout l'appelait là, l'attirait là depuis si longtemps, et si insensiblement, que, guérie enfin de la dormante Mort, il ne manquait plus qu'*Elle seule* !

Ah ! les Idées sont des êtres vivants !... Le comte avait creusé dans l'air la forme de son amour, et il fallait bien que ce vide fût comblé par le seul être qui lui était homogène, autrement l'Univers aurait croulé. L'impression passa, en ce moment, définitive, simple, absolue, qu'*Elle devait être là, dans la chambre* ! Il en était aussi tranquillement certain que de sa propre existence, et toutes les choses, autour de lui, étaient saturées de cette conviction. On l'y voyait ! Et, *comme il ne manquait plus que Véra elle-même*, tangible, extérieure, *il fallut bien qu'elle s'y trouvât* et que le grand Songe de la Vie et de la Mort entrouvrît un moment ses portes infinies ! Le chemin de résurrection était envoyé par la foi jusqu'à elle ! Un frais éclat de rire musical éclaira de sa joie le lit nuptial ; le comte se retourna. Et là, devant ses yeux, faite de volonté et de souvenir, accoudée, fluide, sur l'oreiller de dentelles, sa main soutenant ses lourds cheveux noirs, sa bouche délicieusement entrouverte en un sourire tout emparadisé de voluptés, belle à en mourir, enfin ! la comtesse Véra le regardait un peu endormie encore.

« Roger !... » dit-elle d'une voix lointaine.

Il vint auprès d'elle. Leurs lèvres s'unirent dans une joie divine, – oublieuse –, immortelle !

Et ils s'aperçurent, *alors*, qu'ils n'étaient, réellement, qu'*un seul être*[1].

Les heures effleurèrent d'un vol étranger cette extase où se mêlaient, pour la première fois, la terre et le ciel.

Tout à coup, le comte d'Athol tressaillit, comme frappé d'une réminiscence fatale.

---

1. Le conte, dans la version publiée en 1874 par *La Semaine parisienne*, s'achevait sur ces mots, en une conclusion idéaliste à laquelle l'ajout postérieur donne un sens beaucoup plus indécis.

« Ah ! maintenant, je me rappelle !... fit-il. Qu'ai-je donc ? – Mais tu es morte ! »

À l'instant même, à cette parole, la mystique veilleuse de l'iconostase s'éteignit. Le pâle petit jour du matin, – d'un matin banal, grisâtre et pluvieux, – filtra dans la chambre par les interstices des rideaux. Les bougies blêmirent et s'éteignirent, laissant fumer âcrement leurs mèches rouges ; le feu disparut sous une couche de cendres tièdes ; les fleurs se fanèrent et se desséchèrent en quelques moments ; le balancier de la pendule reprit graduellement son immobilité. La *certitude* de tous les objets s'envola subitement. L'opale, morte, ne brillait plus ; les taches de sang s'étaient fanées aussi, sur la batiste, auprès d'elle ; et s'effaçant entre les bras désespérés qui voulaient en vain l'étreindre encore, l'ardente et blanche vision rentra dans l'air et s'y perdit. Un faible soupir d'adieu, distinct, lointain, parvint jusqu'à l'âme de Roger. Le comte se dressa ; il venait de s'apercevoir qu'il était seul. Son rêve venait de se dissoudre d'un seul coup ; il avait brisé le magnétique fil de sa trame radieuse avec une seule parole. L'atmosphère était, maintenant, celle des défunts.

Comme ces larmes de verre, agrégées illogiquement, et cependant si solides qu'un coup de maillet sur leur partie épaisse ne les briserait pas, mais qui tombent en une subite et impalpable poussière si l'on en casse l'extrémité plus fine que la pointe d'une aiguille, tout s'était évanoui.

« Oh ! murmura-t-il, c'est donc fini ! – Perdue !... Toute seule ! – Quelle est la route, maintenant, pour parvenir jusqu'à toi ? Indique-moi le chemin qui peut me conduire vers toi !... »

Soudain, comme une réponse, un objet brillant tomba du lit nuptial, sur la noire fourrure, avec un bruit métallique : un rayon de l'affreux jour terrestre l'éclaira !... L'abandonné se baissa, le saisit, et un sourire sublime illumina son visage en reconnaissant cet objet : c'était la clef du tombeau.

Vox populi[1]

À M. Leconte de Lisle[2].

Le soldat prussien fait son café dans une lanterne sourde[3].
LE SERGENT HOFF[4].

Grande revue aux Champs-Élysées, ce jour-là !

Voici douze ans[5] de subis depuis cette vision. – Un soleil d'été brisait ses longues flèches d'or sur les toits et les dômes de la vieille capitale. Des myriades de vitres se renvoyaient des éblouissements : le peuple, baigné d'une poudreuse lumière, encombrait les rues pour voir l'armée.

Assis, devant la grille du parvis Notre-Dame, sur un haut pliant de bois, – et les genoux croisés en de noirs haillons –, le centenaire Mendiant, doyen de la Misère de Paris –, face de deuil au teint de cendre, peau sillonnée de rides couleur de terre –, mains jointes sous l'écriteau qui consacrait léga-

---

1. Publié dans *L'Étoile française* le 14 décembre 1880, ce conte tire son titre de l'adage latin « *Vox populi, vox dei* ». Villiers se serait inspiré ici d'un souvenir personnel : la rencontre d'un mendiant dont la rengaine – « Prenez pitié d'un pauvre aveugle, s'il vous plaît » – lui aurait semblé « le plus beau vers de la langue française ». 2. On a maints témoignages de l'admiration de Villiers pour Leconte de Lisle (1818-1894), dont il fréquentait les « samedis » et récitait volontiers les vers. A. Raitt et P.-G. Castex trouvent cette dédicace fort significative, l'auteur des *Poèmes antiques* et des *Poèmes barbares* ayant renié, après 1848, « son passé fouriériste et démocratique » (*op. cit.*, p. 1349). 3. « Lanterne faite de manière que celui qui la porte voie sans être vu » (Littré). 4. Héros de la guerre de 1870 : il avait été décoré pour avoir abattu une trentaine de gardes prussiens, en s'approchant de leurs lignes. 5. La scène se déroule en 1868 – *i.e.* douze ans avant la parution du conte, en 1880 –, vraisemblablement le 15 août, jour où l'on célébrait la fête de Napoléon III, sous le Second Empire.

lement sa cécité, offrait son aspect d'ombre au *Te Deum* de la fête environnante.

Tout ce monde, n'était-ce pas son prochain ? Les passants en joie, n'étaient-ce pas ses frères ? À coup sûr, Espèce humaine ! D'ailleurs, cet hôte du souverain portail n'était pas dénué de tout bien : l'État lui avait reconnu le droit d'être aveugle.

Propriétaire de ce titre et de la respectabilité inhérente à ce lieu des aumônes sûres qu'officiellement il occupait, possédant enfin qualité d'électeur, c'était notre égal, – à la Lumière près.

Et cet homme, sorte d'attardé chez les vivants, articulait, de temps à autre, une plainte monotone, – syllabisation évidente du profond soupir de toute sa vie :

« Prenez pitié d'un pauvre aveugle, s'il vous plaît ! »

Autour de lui, sous les puissantes vibrations tombées du beffroi, – *dehors*, là-bas, au-delà du mur de ses yeux –, des piétinements de cavalerie, et, par éclats, des sonneries aux champs, des acclamations mêlées aux salves des Invalides, aux cris fiers des commandements, des bruissements d'acier, des tonnerres de tambours scandant des défilés interminables d'infanterie, toute une rumeur de gloire lui arrivait ! Son ouïe suraiguë percevait jusqu'à des flottements d'étendards aux lourdes franges frôlant des cuirasses. Dans l'entendement du vieux captif de l'obscurité, mille éclairs de sensations, pressenties et indistinctes, s'évoquaient ! Une divination l'avertissait de ce qui enfiévrait les cœurs et les pensées dans la Ville.

Et le peuple, fasciné, comme toujours, par le prestige qui sort, pour lui, des coups d'audace et de fortune, proférait, en clameur, ce vœu du moment :

« Vive l'Empereur ! »

Mais, entre les accalmies de toute cette triomphale tempête, une voix perdue s'élevait du côté de la grille mystique. Le vieux homme, la nuque renversée contre le pilori de ses barreaux, roulant ses prunelles mortes vers le ciel, oublié de ce peuple dont il semblait, seul, exprimer le vœu véritable, le vœu caché sous les hurrahs, le vœu secret et personnel, psalmodiait, augural intercesseur, sa phrase maintenant mystérieuse :

« Prenez pitié d'un pauvre aveugle, s'il vous plaît ! »

Grande revue aux Champs-Élysées, ce jour-là !

Voici *dix* ans d'envolés depuis le soleil de cette fête ! Mêmes bruits, mêmes voix, même fumée ! Une sourdine, toutefois, tempérait alors le tumulte de l'allégresse publique. Une ombre aggravait les regards. Les salves convenues de la plate-forme du Prytanée[1] se compliquaient, cette fois, du grondement éloigné des batteries de nos forts. Et, tendant l'oreille, le peuple cherchait à discerner déjà, dans l'écho, la réponse des pièces ennemies qui s'approchaient.

Le gouverneur[2] passait, adressant à tous maints sourires et guidé par l'amble-trotteur[3] de son fin cheval. Le peuple, rassuré par cette confiance que lui inspire toujours une tenue irréprochable, alternait de chants patriotiques les applaudissements tout militaires dont il honorait la présence de ce soldat.

Mais les syllabes de l'ancien vivat furieux s'étaient modifiées : le peuple, éperdu, proférait ce vœu du moment :

« Vive la République ! »

Et, là-bas, du côté du seuil sublime, on distinguait toujours la voix solitaire de Lazare[4]. Le Diseur de l'arrière-pensée populaire ne modifiait pas, lui, la rigidité de sa fixe plainte.

---

1. L'École militaire. **2.** Le général Trochu (1815-1896), nommé gouverneur de Paris le 17 août 1870. Il fut chargé de veiller à la défense de la capitale, tâche dans laquelle il ne montra guère d'efficacité. Il dut démissionner le 22 janvier 1871. **3.** Expression curieuse qui associe des antonymes : *l'amble*, allure où le cheval lève simultanément les deux pattes du même côté, et *le trot*, dans lequel il les lève par paires croisées. L'expression « trotter l'amble » est utilisée par Flaubert dans *Madame Bovary* (Ire partie, chap. VIII) et dans *Salammbô* (chap. XI). **4.** P. Citron, dans son édition des *Contes cruels* (Paris, G.F., 1980, p. 57), relève que Lazare est le Peuple dans les *Châtiments* de Hugo (livre II, II). Mais le nom du Mendiant est avant tout un nom biblique, à valeur symbolique. Voir l'Évangile selon saint Luc, XVI, 19-21 : « Il y avait un homme riche, qui était vêtu de pourpre et de lin, et qui se traitait magnifiquement tous les jours, il y avait aussi un pauvre appelé Lazare, tout couvert

Âme sincère de la fête, levant au ciel ses yeux éteints, il s'écriait, entre des silences, et avec l'accent d'une constatation :

« Prenez pitié d'un pauvre aveugle, s'il vous plaît ! »

Grande revue aux Champs-Élysées, ce jour-là !
Voici *neuf* ans de supportés depuis ce soleil trouble !
Oh ! mêmes rumeurs ! mêmes fracas d'armes ! mêmes hennissements ! Plus assourdis encore, toutefois, que l'année précédente ; criards, pourtant.

« Vive la Commune ! » clamait le peuple au vent qui passe.

Et la voix du séculaire Élu de l'Infortune redisait, toujours, là-bas, au seuil sacré, son refrain rectificateur de l'unique pensée de ce peuple. Hochant la tête vers le ciel, il gémissait dans l'ombre :

« Prenez pitié d'un pauvre aveugle, s'il vous plaît ! »

Et, deux lunes plus tard, alors qu'aux dernières vibrations du tocsin, le Généralissime des forces régulières de l'État passait en revue ses deux cent mille fusils, hélas ! encore fumants de la triste guerre civile, le peuple, terrifié, criait, en regardant brûler, au loin, les édifices :

« Vive le Maréchal[1] ! »

Là-bas, du côté de la salubre enceinte, l'immuable Voix, la voix du vétéran de l'humaine Misère, répétait sa machinalement douloureuse et impitoyable obsécration[2] :

« Prenez pitié d'un pauvre aveugle, s'il vous plaît ! »

---

d'ulcères, couché à sa porte, qui eût bien voulu se pouvoir rassasier des miettes qui tombaient de la table du riche ; mais personne ne lui en donnait, et les chiens venaient lui lécher ses plaies. »
1. Le maréchal Mac-Mahon (1808-1893). Légitimiste, il fut élu président de la République le 24 mai 1873 et resta au pouvoir jusqu'au 30 janvier 1879. Sa présidence fut marquée par une tentative de restauration monarchique, que l'intransigeance du comte de Chambord fit échouer.
2. Prière par laquelle, selon Littré, on « implore l'assistance de Dieu ou de quelque personne ».

Et, depuis, d'année en année, de revues en revues, de vociférations en vociférations, quel que fût le nom jeté aux hasards de l'espace par le peuple en ses *vivats*, ceux qui écoutent, attentivement, les bruits de la terre, ont toujours distingué, au plus fort des révolutionnaires clameurs et des fêtes belliqueuses qui s'ensuivent, la Voix lointaine, la Voix *vraie*, l'intime Voix du symbolique Mendiant terrible ! – du Veilleur de nuit criant l'heure exacte du Peuple, – de l'incorruptible factionnaire de la conscience des citoyens, de celui qui restitue intégralement la prière occulte de la Foule et en résume le soupir.

Pontife inflexible de la Fraternité, ce Titulaire autorisé de la cécité physique n'a jamais cessé d'implorer, en médiateur inconscient, la charité divine, pour ses frères de l'intelligence.

Et, lorsque enivré de fanfares, de cloches et d'artillerie, le Peuple, troublé par ces vacarmes flatteurs, essaye en vain de se masquer à lui-même son vœu véritable, sous n'importe quelles syllabes mensongèrement enthousiastes, le Mendiant, lui, la face au Ciel, les bras levés, à tâtons, dans ses grandes ténèbres, se dresse au seuil éternel de l'Église, – et, d'une voix de plus en plus lamentable, mais qui semble porter au-delà des étoiles, continue de crier sa rectification de prophète :

« Prenez pitié d'un pauvre aveugle, s'il vous plaît ! »

Le convive des dernières fêtes[1]

À Mme Nina de Villard[2].

L'inconnu, c'est la part du lion.
François Arago[3].

Le Commandeur de pierre peut venir souper avec nous ; il peut nous tendre la main ! Nous la prendrons encore. Peut-être sera-ce lui qui aura froid.

Un soir de carnaval de l'année 186...[4], C***[5], l'un de mes amis, et moi, par une circonstance absolument due aux hasards de l'ennui « ardent et vague », nous étions seuls, dans une avant-scène, au bal de l'Opéra.

Depuis quelques instants nous admirions, à travers la poussière, la mosaïque tumultueuse des masques hurlant

---

1. Publié dans la *Revue du monde nouveau*, le 15 février 1874, sous le titre « Le convive inconnu », ce conte reprend le *topos* de la guillotine, qui s'est répandu dans la littérature après la Révolution française : Nodier, Hugo, Balzac et Dumas, entre autres, l'ont introduit dans leurs œuvres. Chez Villiers, c'est le premier conte d'une série, qui comprend notamment « Le secret de l'échafaud » (in *L'Amour suprême*), « Ce Mahoin ! » et « Les phantasmes de M. Redoux » (in *Histoires insolites*), « L'étonnant couple Moutonnet » (in *Chez les passants*).   2. Marie-Anne Gaillard (morte en 1884), épouse du journaliste Hector de Caillias, plus connue sous le nom de jeune fille de sa mère, utilisé dans cette épigraphe (elle l'avait repris après s'être séparée de son mari). Ce bas-bleu tenait un salon, rue des Moines, dont Villiers était un habitué (cf. « Une soirée chez Nina de Villard », in *Chez les passants*).   3. Célèbre astronome et physicien (1766-1853).   4. 1864, si l'on prend pour repère la date de l'exécution du docteur Couty de La Pommerais (voir *infra*, note 1, p. 62).   5. Sans doute le poète Catulle Mendès (1841-1909), « camarade lyrique » (voir *infra*, p. 54) de Villiers et son compagnon de plaisirs.

sous les lustres et s'agitant sous l'archet sabbatique de Strauss[1].

Tout à coup la porte de la loge s'ouvrit : trois dames, avec un froufrou de soie, s'approchèrent entre les chaises lourdes et, après avoir ôté leurs masques, nous dirent :

« Bonsoir ! »

C'étaient trois jeunes femmes d'un esprit et d'une beauté exceptionnels. Nous les avions parfois rencontrées dans le monde artistique de Paris. Elles s'appelaient : Clio la Cendrée, Antonie Chantilly et Annah Jackson[2].

« Et vous venez faire ici l'école buissonnière, mesdames ? demanda C*** en les priant de s'asseoir.

— Oh ! nous allions souper seules, parce que les gens de cette soirée, aussi horribles qu'ennuyeux, ont attristé notre imagination, dit Clio la Cendrée.

— Oui, nous allions nous en aller quand nous vous avons aperçus ! dit Antonie Chantilly.

— Ainsi donc, venez avec nous, si vous n'avez rien de mieux à faire, conclut Annah Jackson.

— Joie et lumière ! vivat ! » répondit tranquillement C***. « Élevez-vous une objection grave contre la Maison Dorée[3] ?

— Bien loin cette pensée ! dit l'éblouissante Annah Jackson en dépliant son éventail.

— Alors, mon cher, continua C*** en se tournant vers moi, prends ton carnet, retiens le salon rouge et envoie porter le billet par le chasseur de Miss Jackson : — C'est, je crois, la marche à suivre, à moins d'un parti pris chez toi ?

---

[1]. Johann Strauss fils (1825-1899), compositeur viennois, le « prince de la valse ». Villiers eut peut-être l'occasion de l'entendre à Paris, lors d'une de ses tournées. [2]. Personnages à clé : la première de ces courtisanes a pour modèle Célina Montaland, maîtresse du prince Soltykov (voir *infra*, note 3, p. 56) ; la deuxième est inspirée par Léonide Leblanc, maîtresse du duc d'Aumale, « personnage auguste » (voir *infra*, p. 56) résidant au château de Chantilly ; la troisième, à cause des hésitations sur son prénom (voir *infra*, p. 57), fait songer à Blanche Pierson, que le rôle de Susannah, dans *L'Homme de rien,* comédie en quatre actes de Ferdinand Langlois, avait rendue célèbre en avril 1863, au Vaudeville. [3]. Un des plus luxueux restaurants de Paris, à l'angle de la rue Laffitte et du boulevard des Italiens.

– Monsieur, me dit Miss Jackson, si vous vous sacrifiez jusqu'à bouger pour nous, vous trouverez ce personnage vêtu en oiseau phénix – ou mouche – et se prélassant au foyer. Il répond au pseudonyme transparent de Baptiste ou de Lapierre[1]. – Ayez cette complaisance ? – et revenez bien vite nous aimer sans cesse. »

Depuis un moment je n'écoutais personne. Je regardais un étranger placé dans une loge en face de nous : un homme de trente-cinq ou trente-six ans, d'une pâleur orientale ; il tenait une lorgnette et m'adressait un salut.

« Eh ! c'est mon inconnu de Wiesbaden ! » me dis-je tout bas, après quelque recherche.

Comme ce monsieur m'avait rendu, en Allemagne, un de ces services légers que l'usage permet d'échanger entre voyageurs (oh ! tout bonnement à propos de cigares, je crois, dont il m'avait indiqué le mérite au salon de conversation), je lui rendis le salut.

L'instant d'après, au foyer, comme je cherchais du regard le phénix en question, je vis venir l'étranger au-devant de moi. Son abord ayant été des plus aimables, il me parut de bonne courtoisie de lui proposer notre assistance s'il se trouvait trop seul en ce tumulte.

« Et qui dois-je avoir l'honneur de présenter à notre gracieuse compagnie ? lui demandai-je, souriant, lorsqu'il eut accepté.

– Le baron Von H***, me dit-il. Toutefois, vu les allures insoucieuses de ces dames, les difficultés de prononciation et ce beau soir de carnaval, laissez-moi prendre, pour une heure, un autre nom, – le premier venu, ajouta-t-il : tenez... (il se mit à rire) : le baron *Saturne*[2], si vous voulez. »

---

1. *Baptiste* : « les gilles et les niais dans les parades des saltimbanques » (Littré). *Lapierre* : désignation topique d'un valet de comédie.
2. Nom du dieu, fils d'Uranus et père de Jupiter, qui personnifie le Temps. Ce nom est symbolique : le *topos* saturnien – *i.e.* triste, mélancolique – avait été mis au goût du jour par Hugo (cf. « Saturne » dans *Les Contemplations*), Baudelaire (cf. « Épigraphe pour un livre condamné », qui présente *Les Fleurs du mal* comme un ouvrage « saturnien ») et Verlaine (cf. les *Poèmes saturniens*, parus en 1866).

Cette bizarrerie me surprit un peu, mais comme il s'agissait d'une folie générale, je l'annonçai, froidement, à nos élégantes, selon la donnée mythologique à laquelle il acceptait de se réduire.

Sa fantaisie prévint en sa faveur : on voulut bien croire à quelque roi des *Mille et Une Nuits* voyageant incognito. Clio la Cendrée, joignant les mains, alla jusqu'à murmurer le nom d'un nommé Jud[1], alors célèbre, sorte de criminel encore introuvé et que différents meurtres avaient, paraît-il, illustré et enrichi exceptionnellement.

Les compliments une fois échangés :

« Si le baron nous faisait la faveur de souper avec nous, pour la symétrie désirable ? » demanda la toujours prévenante Annah Jackson, entre deux bâillements irrésistibles.

Il voulut se défendre.

« Susannah nous a dit cela comme don Juan à la statue du Commandeur, répliquai-je en plaisantant : ces Écossaises sont d'une solennité !

— Il fallait proposer à M. Saturne de venir tuer le Temps avec nous ! dit C***, qui, froid, voulait inviter "d'une façon régulière".

— Je regrette beaucoup de refuser ! répondit l'interlocuteur. Plaignez-moi de ce qu'une circonstance d'un intérêt vraiment *capital* m'appelle, ce matin, d'assez bonne heure.

— Un duel pour rire ? une variété de vermouth ? demanda Clio la Cendrée en faisant la moue.

— Non, madame, une... *rencontre*, puisque vous daignez me consulter à cet égard, dit le baron.

— Bon ! quelque mot de corridors d'Opéra, je parie ! s'écria la belle Annah Jackson. Votre tailleur, infatué d'un costume de chevau-léger[2], vous aura traité d'artiste ou de

---

1. Charles Jud, soupçonné du meurtre d'un haut magistrat, qu'on avait retrouvé mort dans un train en décembre 1860. Recherché en vain par la police, il était l'objet de rumeurs extravagantes.   2. Soldat d'un corps de cavalerie légère supprimé en France depuis 1815, qui subsistait encore, vers 1860, dans les armées bavaroises et italiennes.

démagogue. Cher monsieur, ces remarques ne pèsent pas le moindre fleuret : vous êtes étranger, cela se voit.

– Je le suis même un peu partout, madame, répondit en s'inclinant le baron Saturne.

– Allons ! vous vous faites désirer ?

– *Rarement, je vous assure !...* » murmura, de son air à la fois le plus galant et le plus équivoque, le singulier personnage.

Nous échangeâmes un regard, C*** et moi ; nous n'y étions plus : que voulait dire ce monsieur ? La distraction, toutefois, nous paraissait assez amusante.

Mais, comme les enfants qui s'engouent de ce qu'on leur refuse :

« Vous nous appartenez jusqu'à l'aurore, et je prends votre bras ! » s'écria Antonie.

Il se rendit ; nous quittâmes la salle.

Il avait donc fallu cette fusée d'inconséquences pour entraîner ce bouquet final ; nous allions nous trouver dans une intimité assez relative avec un homme dont nous ne savions rien, sinon qu'il avait joué au casino de Wiesbaden et qu'il avait étudié les goûts divers des cigares de La Havane.

Ah ! qu'importait ! le plus court, aujourd'hui, n'est-ce pas de *serrer la main de tout le monde* ?

Sur le boulevard, Clio la Cendrée se renversa, rieuse, au fond de la calèche, et, comme son tigre[1] métis attendait en esclave :

« À la Maison Dorée ! » dit-elle.

Puis, se penchant vers moi :

« Je ne connais pas votre ami : quel homme est-ce ? Il m'intrigue infiniment. Il a un *drôle* de regard !

– Notre *ami* ? répondis-je : à peine l'ai-je vu deux fois, la saison dernière, en Allemagne. »

Elle me considéra d'un air étonné :

« Quoi donc ! repris-je, il vient nous saluer dans notre loge et vous l'invitez à souper sur la foi d'une présentation

---

1. « Groom d'un[e] élégant[e] » (Littré).

de bal masqué ! En admettant que vous ayez commis une imprudence digne de mille morts, il est un peu tard pour vous alarmer touchant notre convive. Si les invités sont peu disposés demain à continuer connaissance, ils se salueront comme la veille : voilà tout. Un souper ne signifie rien. »

Rien n'est amusant comme de sembler comprendre certaines susceptibilités artificielles.

« Comment, vous ne savez pas mieux quels sont les gens ?
– Et si c'était un...
– Ne vous ai-je pas décliné son nom ? le baron *Saturne* ?
– Est-ce que vous craignez de le compromettre, mademoiselle ? ajoutai-je, d'un ton sévère.
– Vous êtes un monsieur intolérable, vous savez !
– Il n'a pas l'air d'un grec[1] : donc notre aventure est toute simple. – Un millionnaire amusant ! N'est-ce pas l'idéal ?
– Il me paraît assez bien, ce M. Saturne, dit C***.
– Et, au moins en temps de carnaval, un homme très riche a toujours droit à l'estime ? » conclut, d'une voix calme, la belle Susannah.

Les chevaux partirent : le lourd carrosse de l'étranger nous suivit. Antonie Chantilly (plus connue sous le nom de guerre, un peu mièvre, d'Yseult[2]) y avait accepté sa mystérieuse compagnie.

Une fois installés dans le salon rouge, nous enjoignîmes à Joseph[3] de ne laisser pénétrer jusqu'à nous aucun être vivant, à l'exception des ostende[4], de lui, Joseph, – et de notre illustre ami le fantastique petit docteur Florian Les Églisottes, si, d'aventure, il venait sucer sa proverbiale écrevisse.

Une bûche ardente s'écrasait dans la cheminée. Autour de nous s'épandaient de fades senteurs d'étoffes, de fourrures quittées, de fleurs d'hiver. Les lueurs des candélabres étreignaient, sur une console, les seaux argentés où se gelait

---

1. Voir « Les demoiselles de Bienfilâtre », note 3, p. 20. 2. Dans une version antérieure du conte, Antonie Chantilly s'appelait Yseult d'Yeuse. 3. Dans la réalité, prénom du maître d'hôtel de la Maison Dorée. 4. Par métonymie, des huîtres venues d'Ostende, en Belgique.

le triste vin d'Aï[1]. Les camélias, dont les touffes se gonflaient au bout de leurs tiges d'archal[2], débordaient les cristaux sur la table.

Au-dehors, il faisait une pluie terne et fine, semée de neige ; une nuit glaciale ; – des bruits de voitures, des cris de masques, la sortie de l'Opéra. C'étaient les hallucinations de Gavarni, de Deveria, de Gustave Doré[3].

Pour étouffer ces rumeurs, les rideaux étaient soigneusement drapés devant les fenêtres closes.

Les convives étaient donc le baron saxon Von H***, le flave et smynthien C***[4] et moi ; puis Annah Jackson, la Cendrée et Antonie.

Pendant le souper, qui fut rehaussé de folies étincelantes, je me laissai, tout doucement, aller à mon innocente manie d'observation – et, je dois le dire, je ne fus pas sans m'apercevoir bientôt que mon vis-à-vis méritait, en effet, quelque attention.

Non, ce n'était pas un homme folâtre, ce convive de passage !... Ses traits et son maintien ne manquaient point, sans doute, de cette distinction convenue qui fait tolérer les personnes : son accent n'était point fastidieux comme celui de quelques étrangers ; – seulement, en vérité, sa pâleur prenait, par intervalles, des tons singulièrement blêmes – et même blafards ; ses lèvres étaient plus étroites qu'un trait de pinceau ; les sourcils demeuraient toujours un peu froncés, même dans le sourire.

Ayant remarqué ces points et quelques autres, avec cette inconsciente attention dont quelques écrivains sont bien

---

1. Le vin d'Aï est un champagne, du nom de la ville de la Marne où il est produit. 2. Par ellipse pour « fil d'archal » : fil de laiton, souvent recouvert de coton ou de papier. 3. Paul Gavarni (1804-1866), dessinateur, témoin pittoresque de son temps dans les *Lorettes*, les *Actrices*, etc. ; Achille Deveria (1800-1857), portraitiste des grands artistes et peintre de la vie mondaine, à l'époque romantique ; Gustave Doré (1832-1883), dessinateur et graveur, connu pour ses lithographies satiriques et ses illustrations de la Bible, de Rabelais, de Dante, etc. 4. *Flave*, calqué sur le latin *flavus*, signifie « blond » ; *smynthien* doit être entendu au sens de « bouclé », en référence à l'un des traits d'Apollon, parfois appelé Sminthée par les Phrygiens. Ces épithètes conviennent au portrait de Catulle Mendès.

obligés d'être doués, je regrettai de l'avoir introduit, tout à fait à la légère, en notre compagnie, – et je me promis de l'effacer, à l'aurore, de notre liste d'habitués. – Je parle ici de C*** et de moi, bien entendu ; car le bon hasard qui nous avait octroyé, ce soir-là, nos hôtes féminins, devait les remporter, comme des visions, à la fin de la nuit.

Et puis l'étranger ne tarda pas à captiver notre attention par une bizarrerie spéciale. Sa causerie, sans être hors ligne par la valeur intrinsèque des idées, tenait en éveil par le sous-entendu très vague que le son de sa voix semblait y glisser intentionnellement.

Ce détail nous surprenait d'autant plus qu'il nous était impossible, en examinant ce qu'il disait, d'y découvrir un sens autre que celui d'une phrase mondaine. Et, deux ou trois fois, il nous fit tressaillir, C*** et moi, par la façon dont il soulignait ses paroles et par l'impression d'arrière-pensées, tout à fait imprécises, qu'elles nous laissaient.

Tout à coup, au beau milieu d'un accès de rire, dû à certaine facétie de Clio la Cendrée, – et qui était, vraiment, des plus divertissantes ! – j'eus je ne sais quelle idée obscure d'avoir déjà vu ce gentilhomme dans une *tout autre circonstance* que celle de Wiesbaden.

En effet, ce visage était d'une accentuation de traits inoubliable et la lueur des yeux, au moment du clin des paupières, jetait sur ce teint comme l'idée d'une torche intérieure.

Quelle était cette circonstance ? Je m'efforçais en vain de la nettifier en mon esprit. Céderai-je même à la tentation d'énoncer les confuses notions qu'elle éveillait en moi ?

C'étaient celles d'un événement pareil à ceux que l'on voit dans les songes.

Où *cela pouvait-il bien* s'être passé ? Comment accorder mes souvenirs habituels avec ces intenses idées lointaines de meurtre, de silence profond, de brume, de faces effarées, de flambeaux et de sang, qui surgissaient dans ma conscience, avec une sensation de *positivisme* insupportable, à la vue de ce personnage ?

« Ah çà ! balbutiai-je très bas, est-ce que j'ai la berlue, ce soir ? »

Je bus un verre de champagne.

Les ondes sonores du système nerveux ont de ces vibrations mystérieuses. Elles assourdissent, pour ainsi dire, par la diversité de leurs échos, l'analyse du coup initial qui les a produites. La mémoire distingue le milieu ambiant de la chose, et la *chose* elle-même se noie dans cette sensation générale, jusqu'à demeurer opiniâtrement indiscernable.

Il en est de cela comme de ces figures autrefois familières qui, revues à l'improviste, troublent, avec une évocation tumultueuse d'impressions encore ensommeillées, et qu'*alors* il est impossible de nommer.

Mais les hautes manières, la réserve enjouée, la dignité bizarre de l'inconnu, – sortes de voiles tendus sur la réalité à coup sûr très sombre de sa nature, – m'induisirent à traiter (pour l'instant, du moins) ce rapprochement comme un fait imaginaire, comme une sorte de perversion visuelle née de la fièvre et de la nuit.

Je résolus donc de faire bon visage au festin, selon mon devoir et mon plaisir.

On se levait de table par jeunesse, – et les fusées des éclats de rire vinrent se mêler aux boutades harmonieuses frappées, au hasard, sur le piano, par des doigts légers.

J'oubliai donc toute préoccupation. Ce furent, bientôt, des scintillements de concetti, des aveux légers, de ces baisers vagues (pareils au bruit de ces feuilles de fleurs que les belles distraites font claquer sur le dessus de leurs mains), – ce furent des feux de sourires et de diamants : la magie des profonds miroirs réfléchissait, silencieusement, à l'infini, en longues files bleuâtres, les lumières, les gestes.

C*** et moi, nous nous abandonnâmes au rêve à travers la conversation.

Les objets se transfigurent selon le magnétisme des personnes qui les approchent, toutes choses n'ayant d'autre signification, pour chacun, que celle que chacun *peut* leur prêter.

Ainsi, le moderne de ces dorures violentes, de ces meubles lourds et de ces cristaux unis était racheté par les regards de mon camarade lyrique C*** et par les miens.

Pour nous, ces candélabres *étaient*, nécessairement, d'un or vierge, et les ciselures en étaient, certes! signées par un Quinze-Vingt[1] authentique, orfèvre de naissance. Positivement, ces meubles ne pouvaient émaner que d'un tapissier luthérien devenu fou, sous Louis XIII, par terreurs religieuses. De qui ces cristaux devaient-ils provenir, sinon d'un verrier de Prague, dépravé par quelque amour penthésiléen[2]? – Ces draperies de Damas n'étaient autres, à coup sûr, que ces pourpres anciennes, enfin retrouvées à Herculanum, dans le coffre aux *velaria*[3] sacrés des temples d'Asclépios ou de Pallas. La crudité, vraiment singulière, du tissu s'expliquait, à la rigueur, par l'action corrosive de la terre et de la lave, et, – imperfection précieuse! – le rendait unique dans l'univers.

Quant au linge, notre âme conservait un doute sur son origine. Il y avait lieu d'y saluer des échantillons de bures lacustres[4]. Tout au moins ne désespérions-nous pas de retrouver, dans les signes brodés sur la trame, les indices d'une provenance accade[5] ou troglodyte. Peut-être étions-

---

1. Les Quinze-Vingts sont les trois cents chevaliers pour lesquels, selon la légende, Saint Louis, à son retour de Palestine, créa l'hospice du même nom : ces chevaliers avaient été les prisonniers des Sarrasins, qui leur avaient crevé les yeux.   2. Épithète forgée sur le nom de Penthésilée, reine des Amazones, qui combattit aux côtés des Troyens. Son histoire mêle un amour impossible à la mort : frappé par sa beauté alors qu'il venait de la blesser mortellement, Achille s'éprit d'elle et tua Thersite, après que celui-ci se fut moqué de sa passion.   3. « Voiles » en latin. Asclépios : dieu grec de la médecine ; Pallas : surnom d'Athéna.   4. Une *bure* est une « grosse étoffe de laine » (Littré) ; *lacustre* s'entend ici au sens de « préhistorique » (par référence aux cités sur pilotis, construites, dans ces temps reculés, au bord de l'eau).   5. Synonyme d'akkadien, adjectif indiquant l'appartenance à l'une des plus anciennes civilisations du Moyen-Orient, dont le berceau se trouve au pays d'Akkad, en Mésopotamie centrale.

nous en présence des innombrables lés du suaire de Xisouthros[1], blanchis et débités, au détail, comme toiles de table. – Nous dûmes, toutefois, après examen, nous contenter d'y soupçonner les inscriptions cunéiformes d'un menu rédigé simplement sous Nemrod[2] ; nous jouissions déjà de la surprise et de la joie de M. Oppert[3], lorsqu'il apprendrait cette découverte enfin récente.

Puis la Nuit jetait ses ombres, ses effets étranges et ses demi-teintes sur les objets, renforçant la bonne volonté de nos convictions et de nos rêves.

Le café fumait dans les tasses transparentes : C*** consumait doucereusement un havane et s'enveloppait de flocons de fumée blanche, comme un demi-dieu dans un nuage.

Le baron de H***, les yeux demi-fermés, étendu sur un sofa, l'air un peu banal, un verre de champagne dans sa main pâle qui pendait sur le tapis, paraissait écouter, avec attention, les prestigieuses mesures du duo nocturne (dans le *Tristan et Yseult* de Wagner), que jouait Susannah en détaillant les modulations incestueuses[4] avec beaucoup de sentiment. Antonie et Clio la Cendrée, enlacées et radieuses, se taisaient, pendant les accords lentement résolus par cette bonne musicienne.

Moi, charmé jusqu'à l'insomnie, je l'écoutais aussi, auprès du piano.

Chacune de nos blanches inconstantes avait choisi le velours, ce soir-là.

La touchante Antonie, aux yeux de violettes, était en noir,

---

1. Dernier roi babylonien antérieur au Déluge, selon une tradition assyrienne établie en 1872 par George Smith, d'après des tablettes conservées au British Museum. Villiers l'évoque dans *L'Ève future* (livre I, chap. IX) comme « un prince ouranien qui vécut voici sept ou huit mille ans » (*O.C.*, t. I, *op. cit.*, p. 785).   **2.** Roi de Babel, dans l'Ancien Testament (Genèse, X, 8-11).   **3.** Jules Oppert (1825-1905), orientaliste connu pour ses travaux sur l'écriture cunéiforme (écriture des Assyriens, formée de signes en forme de clous, diversement combinés).   **4.** L'épithète est plaisante, s'agissant de la musique de Wagner, qui allie les tonalités contre toutes les règles antérieures. Elle convient bien à *Tristan et Yseult*, ouvrage où l'héroïne a épousé l'oncle du jeune homme qui devient son amant.

sans une dentelle. Mais la ligne de velours de sa robe n'étant pas ourlée, ses épaules et son col, en véritable carrare[1], tranchaient durement sur l'étoffe.

Elle portait un mince anneau d'or à son petit doigt et trois bluets de saphirs resplendissaient dans ses cheveux châtains, lesquels tombaient, fort au-dessous de sa taille, en deux nattes calamistrées[2].

Au moral, un personnage auguste lui ayant demandé, un soir, si elle était « honnête » :

« Oui, monseigneur, avait répondu Antonie, honnête, en France, n'étant plus que le synonyme de poli. »

Clio la Cendrée, une exquise blonde aux yeux noirs, – la déesse de l'Impertinence ! – (une jeune désenchantée que le prince Solt...[3] avait baptisée, à la russe, en lui versant de la mousse de Rœderer sur les cheveux), – était en robe de velours vert, bien moulée, et une rivière de rubis lui couvrait la poitrine.

On citait cette jeune créole de vingt ans comme le modèle de toutes les vertus répréhensibles. Elle eût enivré les plus austères philosophes de la Grèce et les plus profonds métaphysiciens de l'Allemagne. Des dandies sans nombre s'en étaient épris jusqu'au coup d'épée, jusqu'à la lettre de change, jusqu'au bouquet de violettes[4].

Elle revenait de Bade, ayant laissé quatre ou cinq mille louis sur le tapis, en riant comme une enfant.

Au moral, une vieille dame germaine et d'ailleurs squalide[5], pénétrée de ce spectacle, lui avait dit, au Casino :

« Mademoiselle, prenez garde : il faut manger un peu de pain quelquefois et vous semblez l'oublier.

– Madame, avait répondu en rougissant la belle Clio,

---

1. Marbre blanc, du nom de la ville de Toscane où il est extrait.
2. « Bouclé, en parlant des cheveux » (Littré). 3. D'origine moscovite, le prince Soltykov (mort en 1859) était un viveur, fort répandu dans le demi-monde parisien. 4. De ceux qu'on dépose sur leur tombe.
5. Rare avant le XIXe siècle, l'adjectif peut vouloir dire « sale, malpropre » (du latin *squalidus*, « couvert de croûtes »), mais aussi « qui ressemble au squale » (*Grand dictionnaire universel du XIXe siècle*).

merci du conseil. En retour, apprenez de moi que, pour d'aucuns, le pain ne fut jamais qu'un préjugé. »

Annah, ou plutôt Susannah Jackson, la Circé écossaise, aux cheveux plus noirs que la nuit, aux regards de sarisses[1], aux petites phrases acidulées, étincelait, indolemment, dans le velours rouge.

Celle-là, ne la rencontrez pas, jeune étranger ! L'on vous assure qu'elle est pareille aux sables mouvants : elle enlise le système nerveux. Elle distille le désir. Une longue crise maladive, énervante et folle, serait votre partage. Elle compte des deuils divers dans ses souvenirs. Son genre de beauté, dont elle est sûre, enfièvre les simples mortels jusqu'à la frénésie.

Son corps est comme un sombre lis, quand même virginal ! – Il justifie son nom qui, en vieil hébreu, signifie, je crois, cette fleur.

Quelque raffiné que vous vous supposiez être (dans un âge peut-être encore tendre, jeune étranger !), si votre mauvaise étoile permet que vous vous trouviez sur le chemin de Susannah Jackson, nous n'aurons qu'à nous figurer un tout jeune homme s'étant exclusivement susténté d'œufs et de lait pendant vingt ans consécutifs et soumis, tout à coup, sans vains préambules, à un régime exaspérant – (continuel !) – d'épices extramordantes et de condiments dont la saveur ardente et fine lui convulse le goût, le brise et l'affole, pour avoir votre fidèle portrait la quinzaine suivante.

La savante charmeuse s'est amusée, parfois, à tirer des larmes de désespoir à de vieux lords blasés, car on ne la séduit que par le plaisir. Son projet, d'après quelques phrases, est d'aller s'ensevelir dans un cottage d'un million sur les bords de la Clyde[2] avec un bel enfant qu'elle s'y distraira, languissamment, à tuer à son aise.

---

1. « Lance macédonienne très longue » (Littré).   2. Fleuve d'Écosse, qui arrose la région de Glasgow.

Au moral, le sculpteur C.-B***[1] la raillait, un jour, sur le terrible petit signe noir qu'elle possède près de l'un des yeux.

« L'Artiste inconnu qui a taillé votre marbre, lui disait-il, a négligé cette petite pierre.

– Ne dites pas de mal de la petite pierre, répondit Susannah : c'est celle qui fait tomber. »

C'était la correspondance[2] d'une panthère.

Chacune de ces femmes nocturnes avait à la ceinture un loup de velours, vert, rouge ou noir, aux doubles faveurs[3] d'acier.

Quant à moi (s'il est bien nécessaire de parler de ce convive), je portais aussi un masque ; moins apparent, voilà tout.

Comme au spectacle, en une stalle centrale, on assiste, pour ne pas déranger ses voisins, – par courtoisie, en un mot, – à quelque drame écrit dans un style fatigant et dont le sujet vous déplaît, ainsi je vivais par politesse.

Ce qui ne m'empêchait point d'arborer joyeusement une fleur à ma boutonnière, en vrai chevalier de l'ordre du Printemps.

Sur ces entrefaites, Susannah quitta le piano. Je cueillis un bouquet sur la table et vins le lui offrir avec des yeux railleurs.

« Vous êtes, lui dis-je, une *diva* ! – Portez l'une de ces fleurs pour l'amour des amants inconnus. »

Elle choisit un brin d'hortensia qu'elle plaça, non sans amabilité, à son corsage.

« Je ne lis pas les lettres anonymes ! » répondit-elle en posant le reste de mon « sélam[4] » sur le piano.

La profane et brillante créature joignit ses mains sur

---

1. Les initiales semblent indiquer Carrier-Belleuse (1824-1887), sculpteur formé à l'école de David d'Angers.   **2.** Villiers précisera cette idée dans *L'Ève future* (livre IV, chap. III) : « Tous les êtres ont leur *correspondance* dans un règne inférieur de la nature. Cette correspondance, qui est, en quelque sorte, la figure de leur réalité, les éclaire aux yeux des métaphysiciens » (*O.C.*, t. I, *op. cit.*, p. 895).   **3.** Rubans.
4. « Bouquet de fleurs dont l'arrangement forme un langage muet » (Littré).

l'épaule de l'un d'entre nous – pour retourner à sa place sans doute.

« Ah ! froide Susannah, lui dit C*** en riant, vous êtes venue, ce semble, au monde, à la seule fin d'y rappeler que la neige brûle. »

C'était là, je pense, un de ces compliments alambiqués, tels que les déclins de soupers en inspirent et qui, s'ils ont un sens bien réel, ont ce sens fin *comme un cheveu*! Rien n'est plus près d'une bêtise et, parfois, la différence en est absolument insensible. À ce propos élégiaque, je compris que la mèche des cerveaux menaçait de devenir charbonneuse et qu'il fallait réagir.

Comme une étincelle suffit, parfois, pour en raviver la lumière, je résolus de la faire jaillir, à tout prix, de notre convive taciturne.

En ce moment, Joseph entra, nous apportant (bizarrerie !) du punch glacé, car nous avions résolu de nous griser comme des pairs.

Depuis une minute, je regardais le baron Saturne. Il paraissait impatient, inquiet. Je le vis tirer sa montre, donner un brillant à Antonie et se lever.

« Par exemple, seigneur des lointaines régions, m'écriai-je, à cheval sur une chaise et entre deux flocons de cigare, – vous ne songez pas à nous quitter avant une heure ? Vous passeriez pour mystérieux, et c'est de mauvais goût, vous le savez !

– Mille regrets, me répondit-il, mais il s'agit d'un devoir qui ne peut se remettre et qui, désormais, ne souffre plus aucun retard. Veuillez bien recevoir mes actions de grâces pour les instants si agréables que je viens de passer.

– C'est donc, vraiment, un duel ? demanda, comme inquiète, Antonie.

– Bah ! m'écriai-je, croyant, effectivement, à quelque vague querelle de masques, – vous vous exagérez, j'en suis sûr, l'importance de cette affaire. Votre homme est sous quelque table. Avant de réaliser le pendant du tableau de Gérôme où vous auriez le rôle du vainqueur, celui d'Arlequin[1], envoyez le chasseur à votre place, au rendez-vous, savoir si l'on vous attend : en ce cas, vos chevaux sauront bien regagner le temps perdu !

– Certes ! appuya C*** tranquillement. Courtisez plutôt la belle Susannah qui se meurt à votre sujet ; vous économiserez un rhume, – et vous vous en consolerez en gaspillant un ou deux millions. Contemplez, écoutez et décidez.

– Messieurs, je vous avouerai *que je suis aveugle et sourd le plus souvent que Dieu me le permet* ! » dit le baron Saturne.

Et il accentua cette énormité inintelligible de manière à nous plonger dans les conjectures les plus absurdes. Ce fut au point que j'en oubliai l'étincelle en question ! Nous en étions à nous regarder, avec un sourire gêné, les uns les autres, ne sachant que penser de cette « plaisanterie », lorsque, soudain, je ne pus me défendre de jeter une exclamation : je venais de me rappeler *où* j'avais vu cet homme pour la première fois !

Et il me sembla, brusquement, que les cristaux, les figures, les draperies, que le festin de la nuit s'éclairaient d'une mauvaise lueur, d'une rouge lueur sortie de notre convive, pareille à certains effets de théâtre.

Je me passai la main sur le front pendant un instant de silence, puis je m'approchai de l'étranger :

« Monsieur, chuchotai-je à son oreille, pardonnez si je fais erreur... mais – il me semble avoir eu le *plaisir* de vous rencontrer, il y a cinq ou six ans, dans une grande ville du Midi, – à Lyon, je suppose ? – vers quatre heures du matin, sur une place publique. »

Saturne leva lentement la tête et, me considérant avec attention :

« Ah ! dit-il, c'est possible.

– Oui ! continuai-je en le regardant fixement aussi.
– Attendez donc ! il y avait même, sur cette place, un objet

---

[1]. *La Sortie du bal masqué ou le duel de Pierrot*, présenté au Salon de 1857 par le peintre Jean-Léon Gérôme (1824-1904), membre de l'Institut (1865). Arlequin a tué Pierrot sous les yeux de Colombine.

des plus mélancoliques, au spectacle duquel je m'étais laissé entraîner par deux étudiants de mes amis – et que je me promis bien de ne jamais revoir.

– Vraiment ! dit M. Saturne. Et quel était cet objet, s'il n'y a pas indiscrétion ?

– Ma foi, quelque chose comme l'échafaud, une guillotine, monsieur ! si j'ai bonne mémoire. – Oui, c'était la guillotine. – Maintenant j'en suis sûr ! »

Ces quelques paroles s'étaient échangées très bas, oh ! tout à fait bas, entre ce monsieur et moi. – C*** et les dames causaient dans l'ombre, à quelques pas de nous, près du piano.

« C'est cela ! je me souviens, ajoutai-je en élevant la voix. Hein ? qu'en pensez-vous, monsieur ?... Voilà, voilà, je l'espère, de la mémoire ? – Quoique vous ayez passé très vite devant moi, votre voiture, un instant retardée par la mienne, m'a laissé vous entrevoir aux lueurs des torches. La circonstance incrusta *votre* visage dans mon esprit. Il avait, alors, justement l'expression que je remarque sur vos traits à présent.

– Ah ! ah ! – répondit M. Saturne, c'est vrai ! Ce doit être, ma foi, de la plus surprenante exactitude, je l'avoue. »

Le rire strident de ce monsieur me donna l'idée d'une paire de ciseaux miraudant[1] les cheveux.

« Un détail, entre autres, continuai-je, me frappa. Je vous vis, de loin, descendre vers l'endroit où était dressée la machine... et, – à moins que je ne sois trompé par une ressemblance...

– Vous ne vous êtes pas trompé, *cher* monsieur, c'était bien moi », répondit-il.

À cette parole, je sentis que la conversation était devenue glaciale et que, par conséquent, je manquais, peut-être, de la stricte politesse qu'un bourreau de si étrange acabit était en droit d'exiger de nous. Je cherchais donc une banalité

---

1. Le verbe *mirauder*, dont l'emploi s'est perdu, signifie « ajuster, faire la toilette ». Littré signale une lettre de Mme de Sévigné sur l'exécution de la Brinvilliers, où l'empoisonneuse est « miraudée » un quart d'heure par le bourreau, avant d'être mise à mort (lettre du 22 juillet 1676).

pour changer le cours des pensées qui nous enveloppaient tous les deux, lorsque la belle Antonie se détourna du piano, en disant avec un air de nonchalance :

« À propos, mesdames et messieurs, vous savez qu'il y a, ce matin, une exécution ?

– Ah !... m'écriai-je, remué d'une manière insolite par ces quelques mots.

– C'est ce pauvre docteur de la P***[1], continua tristement Antonie ; il m'avait soignée autrefois. Pour ma part, je ne le blâme que de s'être défendu devant les juges ; je lui croyais plus d'estomac. Lorsque le sort est fixé d'avance, on doit rire, tout au plus, il me semble, au nez de ces robins[2]. M. de la P*** s'est oublié.

– Quoi ! c'est aujourd'hui ? définitivement ? » demandai-je en m'efforçant de prendre une voix indifférente.

« À six heures, l'heure fatale, messieurs et mesdames !... répondit Antonie. – Ossian, le bel avocat, la coqueluche du faubourg Saint-Germain, est venu me l'annoncer, pour me faire sa cour à sa manière, hier soir. Je l'avais oublié. Il paraît même *qu'on a fait venir un étranger (!) pour aider M. de Paris*, vu la solennité du procès et la distinction du coupable. »

Sans remarquer l'absurdité de ces derniers mots, je me tournai vers M. Saturne. Il se tenait debout devant la porte, enveloppé d'un grand manteau noir, le chapeau à la main, l'air officiel.

Le punch me troublait un peu la cervelle ! Pour tout dire, j'avais des idées belliqueuses. Craignant d'avoir commis en l'invitant ce qui s'appelle, je crois, une « gaffe » en style de Paris, la figure de cet intrus (quel qu'il fût) me devenait insupportable et je contenais, à grand-peine, mon désir de le lui faire savoir.

---

1. Villiers songe sans doute au docteur Couty de La Pommerais, meurtrier de sa belle-mère et de sa maîtresse, qui fut guillotiné en juin 1864. Ce personnage apparaît sous son nom dans « Le secret de l'échafaud » (in *L'Amour suprême*). 2. Désignation familière et péjorative d'un homme de loi, dérivée de *robe*, dans l'expression « homme de robe ».

« Monsieur le baron, lui dis-je en souriant, d'après vos sous-entendus singuliers, nous serions presque en droit de vous demander si ce n'est pas, un peu, comme la Loi "que vous êtes sourd et aveugle aussi souvent que Dieu vous le permet" ? »

Il s'approcha de moi, se pencha d'un air plaisant et me répondit à voix basse : « Mais taisez-vous donc, il y a des dames ! »

Il salua circulairement et sortit, me laissant muet, un peu frémissant et ne pouvant en croire mes oreilles.

Lecteur, un mot, ici. – Lorsque Stendhal voulait écrire une histoire d'amour un peu sentimentale, il avait coutume, on le sait, de relire, d'abord, une demi-douzaine de pages du Code pénal, pour, – disait-il, – se donner le ton[1]. Pour moi, m'étant mis en tête d'écrire certaines histoires, j'avais trouvé plus pratique, après mûre réflexion, de fréquenter, tout bonnement, le soir, l'un des cafés du passage de Choiseul où feu M. X***, l'ancien exécuteur des hautes œuvres de Paris, venait, *presque* quotidiennement, faire sa petite partie d'impériale[2], incognito. C'était, me semblait-il, un homme aussi bien élevé que tel autre ; il parlait d'une voix fort basse, mais très distincte, avec un bénin sourire. Je m'asseyais à une table voisine et il me divertissait quelque peu lorsque emporté par le démon du jeu, il s'écriait brusquement : – « Je coupe ! » sans y entendre malice. Ce fut là, je m'en souviens, que j'écrivis mes plus *poétiques* inspirations, pour me servir d'une expression bourgeoise. – J'étais donc à l'épreuve de cette grosse sensation d'horreur convenue que causent aux passants ces messieurs de la robe courte.

Il était donc étrange que je me sentisse, en ce moment, sous l'impression d'un saisissement aussi intense, parce que notre convive de hasard venait de se déclarer l'un d'entre eux.

---

1. C'est en réalité le Code civil dont Stendhal, « pour prendre le ton », lisait « chaque matin deux ou trois pages » (lettre à Balzac du 16 octobre 1840). 2. Jeu de cartes tombé en désuétude.

C*** qui, pendant les derniers mots, nous avait rejoints, me frappa légèrement sur l'épaule.

« Perds-tu la tête ? me demanda-t-il.

— Il aura fait quelque gros héritage et n'exerce plus qu'en attendant un successeur !... » murmurai-je, très énervé par les fumées du punch.

« Bon ! dit C***, ne vas-tu pas supposer qu'il est, réellement, attaché à la cérémonie en question ?

— Tu as donc saisi le sens de notre petite causerie, mon cher ! lui dis-je tout bas : courte mais instructive ! Ce monsieur est un simple exécuteur ! – Belge, probablement[1]. – C'est l'exotique dont parlait Antonie tout à l'heure. Sans sa présence d'esprit, j'eusse essuyé une déconvenue en ce qu'il eût effrayé ces jeunes personnes.

— Allons donc ! s'écria C*** : un exécuteur en équipage de trente mille francs ? qui donne des diamants à sa voisine ? qui soupe à la Maison Dorée la veille de prodiguer ses soins à un client ? Depuis ton café de Choiseul, tu vois des bourreaux partout. Bois un verre de punch ! Ton M. Saturne est un assez mauvais plaisant, tu sais ? »

À ces mots, il me sembla que la logique, oui, que la froide raison était du côté de ce cher poète. – Fort contrarié, je pris à la hâte mes gants et mon chapeau et me dirigeai très vite sur le seuil, en murmurant :

« Bien.

— Tu as raison, dit C***.

— Ce lourd sarcasme a duré très longtemps, ajoutai-je en ouvrant la porte du salon. Si j'atteins ce mystificateur funèbre, je jure que...

— Un instant : jouons à qui *passera le premier*[2] », dit C***.

---

1. Dans une version antérieure, le docteur s'appelait Van H*** – alors que son nom de Von H***, dans la version définitive, accrédite plutôt ses ascendances de « baron saxon » (voir *supra*, p. 51).   2. Allusion possible au jeu de scène sur lequel s'achève le premier tableau de l'acte I, dans *Les Joyeuses Commères de Windsor* de Shakespeare : « LEFLUET. – [...] Passez devant, je vous prie. LEPAGE. – Mais venez donc, monsieur. LEFLUET. – Vous, Mademoiselle Anne, passez devant. ANNE. – Je n'en ferai rien, monsieur. Après vous, je vous prie. LEFLUET. – Vraiment, je ne vous pas-

J'allais répondre le nécessaire et disparaître lorsque, derrière mon épaule, une voix allègre et bien connue s'écria sous la tenture soulevée :

« Inutile ! Restez, mon cher ami. »

En effet, notre illustre ami, le petit docteur Florian Les Églisottes, était entré pendant nos dernières paroles : il était devant moi, tout sautillant, dans son witchoûra[1] couvert de neige.

« Mon cher docteur, lui dis-je, dans l'instant je suis à vous, mais... »

Il me retint :

« Lorsque je vous aurai conté l'histoire de l'homme qui sortait de ce salon quand je suis arrivé, continua-t-il, je parie que vous ne vous soucierez plus de lui demander compte de ses saillies ! – D'ailleurs, il est trop tard : sa voiture l'a emporté loin d'ici déjà. »

Il prononça ces mots sur un ton si étrange qu'il m'arrêta définitivement.

« Voyons l'histoire, docteur, dis-je en me rasseyant, après un moment. – Mais, songez-y, Les Églisottes : vous répondez de mon inaction et la prenez sous votre bonnet. »

Le prince de la Science posa dans un coin sa canne à pomme d'or, effleura, galamment, du bout des lèvres, les doigts de nos trois belles interdites, se versa un peu de madère et, au milieu du silence fantastique dû à l'incident – et à son entrée personnelle, – commença en ces termes.

« Je comprends toute l'aventure de ce soir. Je me sens au fait de tout ce qui vient de se passer comme si j'avais été des vôtres !... Ce qui vous est arrivé, sans être précisément alarmant, est, néanmoins, une chose qui aurait pu le devenir.

– Hein ? dit C***.

– Ce monsieur est bien, en effet, le baron de H***, il est

---

serai pas devant. Là, vraiment, je ne vous ferai pas cette offense. ANNE. – Je vous en prie, monsieur. LEFLUET. – Plutôt être incivil qu'importun. Mais vous vous faites offense. Là, vraiment ! *Ils sortent [Lefluet d'abord. Les autres le suivant].* »

1. Manteau garni de fourrure, à la mode polonaise.

d'une haute famille d'Allemagne ; il est riche à millions ; mais... »

Le docteur nous regarda :

« Mais le prodigieux cas d'aliénation mentale dont il est frappé, ayant été constaté par les facultés médicales de Munich et de Berlin, présente la plus extraordinaire et la plus incurable de toutes les monomanies enregistrées jusqu'à ce jour ! » acheva le docteur du même ton que s'il se fût trouvé à son cours de physiologie comparée.

« Un fou ! – Qu'est-ce à dire, Florian, que signifie cela ? » murmura C*** en allant pousser le verrou léger de la serrure.

Ces dames, elles-mêmes, avaient changé de sourire à cette révélation.

Quant à moi, je croyais, positivement, rêver depuis quelques minutes.

« Un fou !... s'écria Antonie ; – mais, on renferme ces personnes, il me semble ?

– Je croyais avoir fait observer que notre gentilhomme était plusieurs fois millionnaire, répliqua fort gravement Les Églisottes. C'est donc lui qui fait enfermer les autres, ne vous en déplaise.

– Et quel est son genre de manie ? demanda Susannah. Je le trouve très gentil, moi, ce monsieur, je vous en préviens !

– Vous ne serez peut-être pas de cet avis tout à l'heure, madame ! » continua le docteur en allumant une cigarette.

Le petit jour livide teintait les vitres, les bougies jaunissaient, le feu s'éteignait ; ce que nous entendions nous donnait la sensation d'un cauchemar. Le docteur n'était pas de ceux auxquels la mystification est familière : ce qu'il disait devait être aussi froidement réel que la machine dressée là-bas sur la place.

« Il paraîtrait, continua-t-il entre deux gorgées de madère, qu'aussitôt sa majorité, ce jeune homme taciturne s'embarqua pour les Indes orientales ; il voyagea beaucoup dans les contrées de l'Asie. Là commence le mystère épais qui cache l'origine de son accident. Il assista, pendant certaines révoltes, dans l'Extrême-Orient, à ces supplices rigoureux que les lois en vigueur dans ces parages infligent aux rebelles et aux coupables. Il y assista, d'abord, sans doute, par une simple curiosité de voyageur. Mais, à la vue de ces supplices, il paraîtrait que les instincts d'une cruauté qui dépasse les capacités de conception connues s'émurent en lui, troublèrent son cerveau, empoisonnèrent son sang et finalement le rendirent l'être singulier qu'il est devenu. Figurez-vous qu'à force d'or, le baron de H*** pénétra dans les vieilles prisons des villes principales de la Perse, de l'Indochine et du Tibet et qu'il obtint, plusieurs fois, des gouverneurs, d'exercer les horribles fonctions de justicier, aux lieu et place des exécuteurs orientaux. – Vous connaissez l'épisode des quarante livres pesant d'yeux crevés qui furent apportés, sur deux plats d'or, au shah Nasser-Eddin[1], le jour où il fit son entrée solennelle dans une ville révoltée ? Le baron, vêtu en homme du pays, fut l'un des plus ardents zélateurs de toute cette atrocité. L'exécution des deux chefs de la sédition fut d'une plus stricte horreur. Ils furent condamnés d'abord – à se voir arracher toutes les dents par des tenailles, puis à l'enfoncement de ces mêmes dents en leurs crânes, rasés à cet effet, – et ceci de manière à y former les initiales persanes du nom glorieux du successeur de Feth-Ali-shah[2]. – Ce fut encore notre amateur qui, moyennant un sac de roupies, obtint de les exécuter lui-même et avec la gaucherie compassée qui le distingue. – (Simple question : quel est le plus insensé de celui qui ordonne de tels supplices ou de celui qui les exécute ? – Vous êtes révoltés ? Bah ! Si le premier de ces deux hommes daignait venir à Paris, nous serions trop honorés de lui tirer des feux d'artifice et d'ordonner aux drapeaux de nos armées de s'incliner sur son passage, – le tout, fût-ce au nom des "immortels principes de 89". Donc, passons.) – S'il faut en croire les rapports des capitaines Hobbs et Egginson, les raffinements que sa monomanie croissante lui suggéra, dans ces

---

1. Nasser-el-Din (1831-1896), shah de Perse depuis 1848. Il était venu en visite officielle à Paris en juillet 1873.   2. Feth-Ali-shah (1762-1834), connu sous le nom de Baba-Khan, était monté sur le trône de Perse en 1797. Nasser-el-Din, son petit-fils, ne lui avait pas succédé directement. Il avait reçu le pouvoir à la suite de la disparition de Mohammed-Shah Kadjar, son père, fils de Feth-Ali-shah.

occasions, ont surpassé, de toute la hauteur de l'absurde, celles des Tibère et des Héliogabale[1], – et toutes celles qui sont mentionnées dans les fastes humains. Car, ajouta le docteur, un fou ne saurait être égalé en *perfection* sur le point où il déraisonne. »

Le docteur Les Églisottes s'arrêta et nous regarda, tour à tour, d'un air goguenard.

À force d'attention, nous avions laissé nos cigares s'éteindre pendant ce discours.

« Une fois de retour en Europe, continua le docteur, – le baron de H***, *blasé jusqu'à faire espérer sa guérison*, fut bientôt ressaisi par sa fièvre chaude. Il n'avait qu'un rêve, un seul, – plus morbide, plus glacé que toutes les abjectes imaginations du marquis de Sade : – c'était, tout bonnement, de se faire délivrer le brevet d'Exécuteur des hautes œuvres GÉNÉRAL de toutes les capitales de l'Europe. Il prétendait que les bonnes traditions et que l'habileté périclitaient dans cette branche artistique de la civilisation ; qu'il y avait, comme on dit, péril en la demeure, et, fort des services qu'il avait rendus en Orient (écrivait-il dans les placets qu'il a souvent envoyés), il espérait (si les souverains daignaient l'honorer de leur confiance) arracher aux prévaricateurs les hurlements les plus modulés que jamais oreilles de magistrat aient entendus sous la voûte d'un cachot. – (Tenez ! quand on parle de Louis XVI devant lui, son œil s'allume et reflète une haine d'outre-tombe extraordinaire : Louis XVI est, en effet, le souverain qui a cru devoir abolir la question préalable[2], et ce monarque est le seul homme que M. de H*** ait probablement jamais haï.)

« Il échoua toujours, dans ces placets, comme bien vous le pensez, et c'est grâce aux démarches de ses héritiers qu'on ne l'a pas enfermé selon ses mérites. En effet, des clauses du

---

1. Tibère (42 av. J.-C.-37 apr. J.-C.), empereur romain, dont la vieillesse fut marquée par des intrigues et des meurtres ; Héliogabale (204-222), autre empereur romain, dont le règne fut une suite de violences et de désordres.
2. Variété de torture. Par opposition avec la *question préparatoire*, qu'on infligeait à un accusé pendant l'instruction pour obtenir des aveux, la *question préalable* est celle qu'on faisait subir à un condamné à mort.

testament de son père, feu le baron de H***, forcent la famille à éviter sa mort civile à cause des énormes préjudices d'argent que cette mort entraînerait pour les proches de ce personnage. Il voyage donc, en liberté. Il est au mieux avec tous ces messieurs de la Justice-capitale. Sa première visite est pour eux, dans toutes les villes où il passe. Il leur a souvent offert des sommes très fortes pour le laisser opérer à leur place, – et je crois, entre nous (ajouta le docteur en clignant de l'œil), qu'en Europe, – il en a débauché quelques-uns.

« À part ces équipées, on peut dire que sa folie est inoffensive, puisqu'elle ne s'exerce que sur des personnes désignées par la Loi. – En dehors de son aliénation mentale, le baron de H*** a la renommée d'un homme de mœurs paisibles et, même, engageantes. De temps à autre, sa mansuétude ambiguë donne, peut-être, froid dans le dos, comme on dit, à ceux de ses intimes qui sont au courant de sa terrible turlutaine[1], mais c'est tout.

« Néanmoins, il parle souvent de l'Orient avec quelque regret et doit incessamment y retourner. La privation du diplôme de Tortionnaire-en-chef du globe l'a plongé dans une mélancolie noire. Figurez-vous les rêveries de Torquemada ou d'Arbuez, des ducs d'Albe ou d'York[2]. Sa monomanie s'empire de jour en jour. Aussi, toutes les fois qu'il se présente une exécution, en est-il averti par des émissaires secrets – avant les gentilshommes de la hache eux-mêmes ! Il court, il vole, il dévore la distance, sa place est réservée au pied de la machine. Il y est, en ce moment où je vous parle : il ne dormirait pas tranquille s'il n'avait pas obtenu le dernier regard du condamné.

---

1. « Manie, marotte » (Littré). **2.** Torquemada (1420-1498), dominicain espagnol, nommé inquisiteur général pour la péninsule Ibérique en 1483, apparaît dans « Les amants de Tolède » (in *Histoires insolites*); Pedro Arbuez d'Epila, autre inquisiteur, est mis en scène par Villiers dans « La torture par l'espérance »; Fernando Álvarez de Toledo, duc d'Albe (1507-1582), général espagnol, exerça une répression féroce en Flandre, dont il était gouverneur (1567), sous le règne de Philippe II; Richard, duc d'York (1411-1460), prétendant au trône d'Angleterre, se distingua par sa brutalité, lors de la guerre des Deux-Roses.

« Voilà, messieurs et mesdames, le gentleman avec lequel vous avez eu l'heur de frayer cette nuit. J'ajouterai que, sorti de sa démence et dans ses rapports avec la société, c'est un homme du monde vraiment irréprochable et le causeur le plus entraînant, le plus enjoué, le plus...

– Assez, docteur ! – par grâce ! s'écrièrent Antonie et Clio la Cendrée, que le badinage strident et sardonique de Florian avait impressionnées extraordinairement.

– Mais c'est le sigisbée[1] de la Guillotine ! murmura Susannah : c'est le *dilettante* de la Torture !

– Vraiment, si je ne vous connaissais pas, docteur... balbutia C***.

– Vous ne croiriez pas ? interrompit Les Églisottes. Je ne l'ai pas cru, moi-même, pendant longtemps ; mais, si vous voulez, nous allons aller là-bas. J'ai justement ma carte ; nous pourrons parvenir jusqu'à lui, malgré la haie de cavalerie. Je ne vous demanderai que d'observer son visage, voilà tout, pendant l'accomplissement de la sentence. Après quoi, vous ne douterez plus.

– Grand merci de l'invitation ! s'écria C*** ; je préfère vous croire, malgré l'absurdité vraiment mystérieuse du fait.

– Ah ! c'est un type que votre baron !... » continua le docteur en attaquant un buisson d'écrevisses resté vierge miraculeusement.

Puis, nous voyant tous devenus moroses :

« Il ne faut pas vous étonner ni vous affecter outre mesure de mes confidences à ce sujet ! dit-il. Ce qui constitue la hideur de la chose, c'est la *particularité* de la monomanie. Quant au reste, un fol est un fol, rien de plus. Lisez les aliénistes : vous y relèverez des cas d'une étrangeté presque aussi surprenante ; et ceux qui en sont atteints, je vous jure que nous les coudoyons en plein midi, à chaque instant, sans en rien soupçonner.

– Mes chers amis, conclut C*** après un moment de saisissement général, je n'éprouverais pas, je l'avoue,

---

1. « Cavalier servant, qui [...] se montre très empressé auprès de [sa] maîtresse » (Littré).

d'éloignement bien précis à choquer mon verre contre celui que me tendrait un bras séculier, comme on disait au temps où les bras des exécuteurs pouvaient être religieux. Je n'en chercherais pas l'occasion, mais si elle s'offrait à moi, je vous dirais, sans trop déclamer (et Les Églisottes, surtout, me comprendra), que l'aspect ou même la compagnie de ceux qui exercent les fonctions capitales ne saurait m'impressionner en aucune façon. Je n'ai jamais très bien compris les *effets* des mélodrames à ce sujet.

« Mais la vue d'un homme tombé en démence, parce qu'il ne peut remplir *légalement* cet office, ah ! ceci, par exemple, me cause quelque impression. Et je n'hésite pas à le déclarer : s'il est, parmi l'Humanité, des âmes échappées d'un Enfer, notre convive de ce soir est une des pires que l'on puisse rencontrer. Vous aurez beau l'appeler fol, cela n'explique pas sa nature originelle. Un bourreau réel me serait indifférent ; notre affreux maniaque me fait frissonner d'un frisson indéfinissable ! »

Le silence qui accueillit les paroles de C*** fut solennel comme si la Mort eût laissé voir, brusquement, sa tête chauve entre les candélabres.

« Je me sens un peu indisposée », dit Clio la Cendrée d'une voix que la surexcitation nerveuse et le froid de l'aurore intervenue entrecoupaient. « Ne me laissez point toute seule. Venez à la villa. Tâchons d'oublier cette aventure, messieurs et amis ; venez : il y a des bains, des chevaux et des chambres pour dormir. (Elle savait à peine ce qu'elle disait.) C'est au milieu du Bois, nous y serons dans vingt minutes. Comprenez-moi, je vous en prie. L'idée de ce monsieur me rend presque malade, et, si j'étais seule, j'aurais quelque inquiétude de le voir entrer tout à coup, une lampe à la main, éclairant son fade sourire qui fait peur.

– Voilà, certes, une nuit énigmatique ! » dit Susannah Jackson.

Les Églisottes s'essuyait les lèvres d'un air satisfait, ayant terminé son buisson.

Nous sonnâmes : Joseph parut. Pendant que nous en finissions avec lui, l'Écossaise, en se touchant les joues d'une petite houppe de cygne, murmura, tranquillement, auprès d'Antonie :

« N'as-tu rien à dire à Joseph, petite Yseult ?

– Si fait, répondit la jolie et toute pâle créature, et tu m'as devinée, folle ! »

Puis se tournant vers l'intendant :

« Joseph, continua-t-elle, prenez cette bague : le rubis en est un peu foncé pour moi. – N'est-ce pas, Suzanne ? Tous ces brillants ont l'air de pleurer autour de cette goutte de sang. – Vous la ferez vendre aujourd'hui et vous en remettrez le montant aux mendiants qui passent devant la maison. »

Joseph prit la bague, s'inclina de ce salut somnambulique dont il eut seul le secret et sortit pour faire avancer les voitures pendant que ces dames achevaient de rajuster leurs toilettes, s'enveloppaient de leurs longs dominos de satin noir et remettaient leurs masques.

Six heures sonnèrent.

« Un instant, dis-je en étendant le doigt vers la pendule : voici une heure qui nous rend tous un peu complices de la folie de cet homme. Donc, ayons plus d'indulgence pour elle. Ne sommes-nous pas, en ce moment même, implicitement, d'une barbarie à peu près aussi morne que la sienne ? »

À ces mots, l'on resta debout, en grand silence.

Susannah me regarda sous son masque : j'eus la sensation d'une lueur d'acier. Elle détourna la tête et entrouvrit une fenêtre, très vite.

L'heure sonnait, au loin, à tous les clochers de Paris.

Au *sixième* coup, tout le monde tressaillit profondément, – et je regardai, pensif, la tête d'un démon de cuivre, aux traits crispés, qui soutenait, dans une patère, les flots sanglants des rideaux rouges.

Le désir d'être un homme[1]

À M. Catulle Mendès[2].

> *Un de ces hommes devant lesquels la Nature peut se dresser et dire: « Voilà un Homme! »*
> SHAKESPEARE, *Jules César*[3].

Minuit sonnait à la Bourse, sous un ciel plein d'étoiles. À cette époque, les exigences d'une loi militaire pesaient encore sur les citadins et, d'après les injonctions relatives au couvre-feu[4], les garçons des établissements encore illuminés s'empressaient pour la fermeture.

Sur les boulevards, à l'intérieur des cafés, les papillons de gaz des girandoles[5] s'envolaient très vite, un à un, dans l'obscurité. L'on entendait du dehors le brouhaha des chaises portées en quatuors sur les tables de marbre; c'était l'instant psychologique où chaque limonadier juge à propos d'indiquer, d'un bras terminé par une serviette, les fourches caudines de la porte basse[6] aux derniers consommateurs.

---

1. Ce conte a fait l'objet d'une double publication préoriginale, les 3-4 juillet 1882 dans *L'Étoile de France* et *L'Impartial*. À travers l'évocation du vieux comédien Esprit Chaudval, grotesque et tragique à la fois, il brosse en réalité un portrait du poète moderne en saltimbanque, dans la filiation de Banville, Baudelaire et Mallarmé.   2. Voir « Le convive des dernières fêtes », note 5, p. 45.   3. Villiers cite librement une phrase du discours prononcé par Antoine après la mort de Brutus, son adversaire, à la fin de la pièce (acte V, scène 5).   4. Ce détail suggère que le récit se déroule peu après la guerre franco-allemande et la Commune.   5. Luminaires à gaz, en forme de chandeliers à plusieurs branches.   6. Les Fourches caudines sont un défilé où une armée romaine, s'étant laissée enfermer par les Samnites, fut contrainte de passer sous le joug (321 av. J.-C.). L'expression « passer sous les fourches... » marque l'obligation où l'on se trouve de

Ce dimanche-là sifflait le triste vent d'octobre. De rares feuilles jaunies, poussiéreuses et bruissantes, filaient dans les rafales, heurtant les pierres, rasant l'asphalte, puis, semblances de chauves-souris, disparaissaient dans l'ombre, éveillant ainsi l'idée de jours banals à jamais vécus. Les théâtres du boulevard du Crime[1] où, pendant la soirée, s'étaient entrepoignardés à l'envi tous les Médicis, tous les Salviati et tous les Montefeltre[2], se dressaient, repaires du Silence, aux portes muettes gardées par leurs cariatides. Voitures et piétons, d'instant en instant, devenaient plus rares ; çà et là, de sceptiques falots de chiffonniers luisaient déjà, phosphorescences dégagées par les tas d'ordures au-dessus desquels ils erraient.

À la hauteur de la rue Hauteville, sous un réverbère à l'angle d'un café d'assez luxueuse apparence, un grand passant à physionomie saturnienne[3], au menton glabre, à la démarche somnambulesque, aux longs cheveux grisonnants sous un feutre genre Louis XIII, ganté de noir sur une canne à tête d'ivoire et enveloppé d'une vieille houppelande bleu de roi, fourrée de douteux astrakan, s'était arrêté comme s'il eût machinalement hésité à franchir la chaussée qui le séparait du boulevard Bonne-Nouvelle.

Ce personnage attardé regagnait-il son domicile ? Les seuls hasards d'une promenade nocturne l'avaient-ils conduit à ce coin de rue ? Il eût été difficile de le préciser à

---

subir des conditions humiliantes, « porte basse » désignant dans ce passage la sortie de service, réservée au personnel.

1. Le boulevard du Temple, ainsi nommé parce que s'y trouvaient des théâtres, tels que L'Ambigu, spécialisés dans le mélodrame.   2. Illustres familles italiennes, dont les conflits furent souvent pris pour sujet par les dramaturges du XIXe siècle. Les Médicis et les Salviati apparaissent, par exemple, dans *Lorenzaccio* de Musset.   3. Dans « Claire Lenoir » (chap. I), Tribulat Bonhomet, se présentant, décrit en détail cette physionomie : « [...] je suis un sujet à mal héréditaire qui bafoue depuis longtemps les efforts de ma raison et de ma volonté ! Il consiste en une Appréhension, une ANXIÉTÉ sans motif précis, une AFFRE, en un mot, qui me prend comme une crise, me fait savourer toute l'amertume d'une inquiétude brusque et infernale – et cela, le plus souvent, à propos de futilités dérisoires ! » (*O.C.*, t. II, *op. cit.*, p. 149).

son aspect. Toujours est-il qu'en apercevant tout à coup, sur sa droite, une de ces glaces étroites et longues comme sa personne – sortes de miroirs publics d'attenance, parfois, aux devantures d'estaminets marquants – il fit une halte brusque, se campa, de face, vis-à-vis de son image et se toisa, délibérément, des bottes au chapeau. Puis, soudain, levant son feutre, d'un geste qui sentait son autrefois, il se salua non sans quelque courtoisie.

Sa tête, ainsi découverte à l'improviste, permit alors de reconnaître l'illustre tragédien Esprit Chaudval, né Lepeinteur[1], dit Monanteuil, rejeton d'une très digne famille de pilotes malouins et que les mystères de la Destinée avaient induit à devenir grand premier rôle de province, tête d'affiche à l'étranger et rival (souvent heureux) de notre Frédérick Lemaître[2].

Pendant qu'il se considérait avec cette sorte de stupeur, les garçons du café voisin endossaient les pardessus aux derniers habitués, leur désaccrochaient les chapeaux ; d'autres renversaient bruyamment le contenu des tirelires de nickel et empilaient en rond sur un plateau le billon[3] de la journée. Cette hâte, cet effarement provenaient de la présence menaçante de deux subits sergents de ville qui, debout sur le seuil et les bras croisés, harcelaient de leur froid regard le patron retardataire.

Bientôt les auvents furent boulonnés dans leurs châssis de fer, – à l'exception du volet de la glace qui, par une inadvertance étrange, fut omis au milieu de la précipitation générale.

Puis le boulevard devint très silencieux. Chaudval seul, inattentif à toute cette disparition, était demeuré dans son

---

1. Villiers forge peut-être ce nom en se souvenant que les milieux du théâtre, dans la première moitié du siècle, avaient connu les frères Lepeintre, comédiens réputés du Vaudeville et des Variétés : Charles-Emmanuel, dit Lepeintre aîné (1785-1854), et Emmanuel-Augustin, dit Lepeintre jeune (1788-1847). 2. Frédérick Lemaître (1800-1876), illustre comédien de la scène romantique. Il s'était illustré dans *L'Auberge des Adrets* et dans *Robert Macaire*. Il avait arrêté sa carrière en 1864. 3. « Toute espèce de monnaie décriée et défectueuse » (Littré).

attitude extatique au coin de la rue Hauteville, sur le trottoir, devant la glace oubliée.

Ce miroir livide et lunaire paraissait donner à l'artiste la sensation que celui-ci eût éprouvée en se baignant dans un étang ; Chaudval frissonnait.

Hélas ! disons-le, en ce cristal cruel et sombre, le comédien venait de s'apercevoir vieillissant.

Il constatait que ses cheveux, hier encore poivre et sel, tournaient au clair de lune ; c'en était fait ! Adieu rappels et couronnes, adieu roses de Thalie, lauriers de Melpomène[1] ! Il fallait prendre congé pour toujours, avec des poignées de mains et des larmes, des Ellevious[2] et des Laruettes[3], des grandes livrées et des rondeurs[4], des Dugazons[5] et des ingénues !

Il fallait descendre en toute hâte du chariot de Thespis[6] et le regarder s'éloigner emportant les camarades ! Puis, voir les oripeaux et les banderoles qui, le matin, flottaient au soleil jusque sur les roues, jouets du vent joyeux de l'Espérance, les voir disparaître au coude lointain de la route, dans le crépuscule.

Chaudval, brusquement conscient de la cinquantaine (c'était un excellent homme), soupira. Un brouillard lui

---

1. Thalie : l'une des neuf Muses, présidant à la comédie ; Melpomène : autre Muse, présidant à la tragédie. 2. Emplois de ténor dans lesquels Jean Elleviou (1768-1842) s'était taillé une réputation flatteuse à l'Opéra-Comique. 3. Rôles de barbons qui faisaient autrefois la spécialité de Jean-Louis Laruette (1731-1792), comédien et chanteur de la Comédie italienne. 4. *Grande livrée* : dans le vocabulaire dramatique, rôles comiques – tels que Sganarelle, Figaro, Pasquin, etc. – qui « prenaient cette dénomination tant du costume que du caractère du personnage » (*Grand dictionnaire universel du XIX*[e] *siècle*). *Rondeur* : caractérisation du jeu d'un comédien, quand il « joue avec franchise et naturel » (Littré). 5. Nom donné aux actrices de l'Opéra-Comique qui se distinguaient dans les rôles d'amoureuses, puis de mères, autrefois créés par Louise Rosalie Lefèvre, dite la Dugazon (1753-1821). 6. Poète tragique grec (VIe siècle av. J.-C.), semi-légendaire, à qui l'on prêtait, dans l'Antiquité, l'invention de l'action tragique. Grâce à son fameux chariot, il avait transporté à Athènes, disait-on, la première troupe d'acteurs ambulants, introduisant ainsi la tragédie dans la ville.

passa devant les yeux ; une espèce de fièvre hivernale le saisit et l'hallucination dilata ses prunelles.

La fixité hagarde avec laquelle il sondait la glace providentielle finit par donner à ses pupilles cette faculté d'agrandir les objets et de les saturer de solennité, que les physiologistes ont constatée chez les individus frappés d'une émotion très intense.

Le long miroir se déforma donc sous ses yeux chargés d'idées troubles et atones. Des souvenirs d'enfance, de plages et de flots argentés lui dansèrent dans la cervelle. Et ce miroir, sans doute à cause des étoiles qui en approfondissaient la surface, lui causa d'abord la sensation de l'eau dormante d'un golfe. Puis s'enflant encore, grâce aux soupirs du vieillard, la glace revêtit l'aspect de la mer et de la nuit, ces deux vieilles amies des cœurs déserts.

Il s'enivra quelque temps de cette vision, mais le réverbère qui rougissait la bruine froide derrière lui, au-dessus de sa tête, lui sembla, répercuté au fond de la terrible glace, comme la lueur d'un *phare* couleur de sang qui indiquait le chemin du naufrage au vaisseau perdu de son avenir.

Il secoua ce vertige et se redressa, dans sa haute taille, avec un éclat de rire nerveux, faux et amer, qui fit tressaillir, sous les arbres, les deux sergents de ville. Fort heureusement pour l'artiste, ceux-ci, croyant à quelque vague ivrogne, à quelque amoureux déçu, peut-être, continuèrent leur promenade officielle sans accorder plus d'importance au misérable Chaudval.

« Bien, renonçons ! » dit-il simplement et à voix basse, comme le condamné à mort qui, subitement réveillé, dit au bourreau : « Je suis à vous, mon ami. »

Le vieux comédien s'aventura, dès lors, en un monologue, avec une prostration hébétée.

« J'ai prudemment agi, continua-t-il, quand j'ai chargé, l'autre soir, Mlle Pinson[1], ma bonne camarade (qui a l'oreille du ministre et même l'oreiller), de m'obtenir, entre deux

---

1. Selon P. Citron (*op. cit.*, p. 366), Villiers joue peut-être par allusion

aveux brûlants, cette place de gardien de phare dont jouissaient mes pères sur les côtes ponantaises[1]. Et, tiens ! je comprends l'effet bizarre que m'a produit ce réverbère dans cette glace !... C'était mon arrière-pensée. – Pinson va m'envoyer mon brevet, c'est sûr. Et j'irai donc me retirer dans mon phare comme un rat dans un fromage[2]. J'éclairerai les vaisseaux au loin, sur la mer. Un phare ! cela vous a toujours l'air d'un décor. Je suis seul au monde : c'est l'asile qui, décidément, convient à mes vieux jours. »

Tout à coup, Chaudval interrompit sa rêverie.

« Ah çà ! dit-il, en se tâtant la poitrine sous sa houppelande, mais... cette lettre remise par le facteur au moment où je sortais, c'est sans doute la réponse ?... Comment ! j'allais entrer au café pour la lire et je l'oublie ! – Vraiment, je baisse ! – Bon ! la voici ! »

Chaudval venait d'extraire de sa poche une large enveloppe, d'où s'échappa, sitôt rompue, un pli ministériel qu'il ramassa fiévreusement et parcourut, d'un coup d'œil, sous le rouge feu du réverbère.

« Mon phare ! mon brevet ! » s'écria-t-il. « Sauvé, mon Dieu ! » ajouta-t-il comme par une vieille habitude machinale et d'une voix de fausset si brusque, si différente de la sienne qu'il en regarda autour de lui, croyant à la présence d'un tiers.

« Allons, du calme et... *soyons homme* ! » reprit-il bientôt.

Mais, à cette parole, Esprit Chaudval, né Lepeinteur, dit Monanteuil, s'arrêta comme changé en statue de sel ; ce mot semblait l'avoir immobilisé.

« Hein ? continua-t-il après un silence. – Que viens-je de souhaiter là ? – D'être un Homme ?... Après tout, pourquoi pas ? »

Il se croisa les bras, réfléchissant.

---

sur le nom d'une chanteuse et comédienne, Mme Leperdrix, dite Mésange (morte en 1895), qui se produisit sur les scènes parisiennes, entre 1843 et 1877.

1. Terme de marine, désignant ce qui est relatif à « l'Océan, par opposition à la Méditerranée » (Littré).   2. Allusion au « Rat qui s'est retiré du monde » de La Fontaine (*Fables*, livre VII, 3).

Le désir d'être un homme

« Voici près d'un demi-siècle que je *représente*, que je *joue* les passions des autres sans jamais les éprouver, – car, au fond, je n'ai jamais rien éprouvé, moi. – Je ne suis donc le semblable de ces « autres » que pour rire ! – Je ne suis donc qu'une *ombre* ? Les passions ! les sentiments ! les actes réels ! RÉELS ! voilà, – voilà ce qui constitue L'HOMME proprement dit ! Donc, puisque l'âge me force de rentrer dans l'Humanité, je dois me procurer des passions, ou quelque sentiment *réel*..., puisque c'est la condition *sine qua non* sans laquelle on ne saurait prétendre au titre d'Homme. Voilà qui est solidement raisonné ; cela crève de bon sens. – Choisissons donc d'éprouver celle qui sera le plus en rapport avec ma nature enfin ressuscitée. »

Il médita, puis reprit mélancoliquement :

« L'Amour ?... trop tard. – La Gloire ?... je l'ai connue ! – L'Ambition ?... Laissons cette billevesée[1] aux hommes d'État ! »

Tout à coup, il poussa un cri :

« J'y suis ! dit-il : LE REMORDS !... – voilà ce qui sied à mon tempérament dramatique. »

Il se regarda dans la glace en prenant un visage convulsé, contracté, comme par une horreur surhumaine.

« C'est cela ! conclut-il : Néron ! Macbeth ! Oreste ! Hamlet ! Érostrate[2] ! – Les spectres !... Oh ! oui ! Je veux voir de *vrais* spectres, à mon tour ! – comme tous ces gens-là, qui avaient la chance de ne pas pouvoir faire un pas sans spectres. »

Il se frappa le front.

« Mais *comment* ?... Je suis innocent comme l'agneau qui hésite à naître ? »

Et après un *temps* nouveau :

« Ah ! *qu'à cela ne tienne* ! reprit-il : qui veut la fin veut les

---

1. « Idée chimérique, vaines occupations » (Littré). 2. Érostrate est cet habitant d'Éphèse qui, pour conquérir la renommée, incendia, dans cette ville, le temple de Diane, l'une des sept merveilles du monde. Il fournit le type de ces hommes qui, par un amour insensé de la célébrité, ne reculent devant rien pour satisfaire leur passion.

moyens !... J'ai bien le droit de devenir à tout prix ce que *je devrais* être. J'ai droit à l'Humanité ! – Pour éprouver des remords, il faut avoir commis des crimes ? Eh bien, va pour des crimes : qu'est-ce que cela fait, du moment que ce sera pour... pour le bon motif ? – Oui... – Soit ! (Et il se mit à faire du dialogue :) – Je vais en perpétrer d'affreux. – Quand ? – Tout de suite. Ne remettons pas au lendemain ! – Lesquels ? – Un seul !... Mais grand ! – mais extravagant d'atrocité !... mais de nature à faire sortir de l'enfer toutes les Furies ! – Et lequel ? – Parbleu, le plus éclatant... Bravo ! J'y suis ! L'INCENDIE ! Donc, je n'ai que le temps d'incendier ! de boucler les malles ! de revenir, dûment blotti derrière la vitre de quelque fiacre, jouir de mon triomphe au milieu de la foule épouvantée ! de bien recueillir les malédictions des mourants, – et de gagner le train du Nord-Ouest avec des remords sur la planche pour le reste de mes jours. Ensuite, j'irai me cacher dans mon phare ! dans la lumière ! en plein Océan ! où la police ne pourra, par conséquent, me découvrir jamais, – mon crime étant *désintéressé*. Et j'y râlerai seul. – (Chaudval ici se redressa, improvisant ce vers d'allure absolument cornélienne :)

Garanti du soupçon par la grandeur du crime !

« C'est dit. – Et maintenant – acheva le grand artiste en ramassant un pavé après avoir regardé autour de lui pour s'assurer de la solitude environnante – et maintenant, toi, tu ne refléteras plus personne. »

Et il lança le pavé contre la glace qui se brisa en mille épaves rayonnantes.

Ce premier devoir accompli, et se sauvant à la hâte – comme satisfait de cette première, mais énergique action d'éclat – Chaudval se précipita vers les boulevards où, quelques minutes après et sur ses signaux, une voiture s'arrêta, dans laquelle il sauta et disparut.

Deux heures après, les flamboiements d'un sinistre immense, jaillissant de grands magasins de pétrole, d'huiles et d'allumettes, se répercutaient sur toutes les vitres du faubourg du Temple. Bientôt les escouades des pompiers, roulant et poussant leurs appareils, accoururent de tous côtés, et leurs trompettes, envoyant des cris lugubres, réveillaient en sursaut les citadins de ce quartier populeux. D'innombrables pas précipités retentissaient sur les trottoirs : la foule encombrait la grande place du Château-d'Eau et les rues voisines. Déjà des chaînes s'organisaient en hâte. En moins d'un quart d'heure un détachement de troupes formait cordon aux alentours de l'incendie. Des policiers, aux lueurs sanglantes des torches, maintenaient l'affluence humaine aux environs.

Les voitures, prisonnières, ne circulaient plus. Tout le monde vociférait. On distinguait des cris lointains parmi le crépitement terrible du feu. Les victimes hurlaient, saisies par cet enfer, et les toits des maisons s'écroulaient sur elles. Une centaine de familles, celles des ouvriers de ces ateliers qui brûlaient, devenaient, hélas ! sans ressource et sans asile.

Là-bas, un solitaire fiacre, chargé de deux grosses malles, stationnait derrière la foule arrêtée au Château-d'Eau. Et, dans ce fiacre, se tenait Esprit Chaudval, né Lepeinteur, dit Monanteuil ; de temps à autre il écartait le store et contemplait son œuvre.

« Oh ! se disait-il tout bas, comme je me sens en horreur à Dieu et aux hommes ! – Oui, voilà, voilà bien le trait d'un réprouvé !... »

Le visage du bon vieux comédien rayonnait.

« Ô misérable ! grommelait-il, quelles insomnies vengeresses je vais goûter au milieu des fantômes de mes victimes ! Je sens sourdre en moi l'âme des Néron, brûlant Rome par exaltation d'artiste ! des Érostrate, brûlant le temple d'Éphèse par amour de la gloire !... des Rostopchine[1], brûlant Moscou par patriotisme ! des Alexandre, brûlant Persépolis par galanterie pour sa Thaïs[2] immortelle !... Moi, je

---

1. Fedor Vassilievitch, comte Rostopchine (1765-1826), général russe, gouverneur militaire de Moscou sous Alexandre Ier. Il fut, dit-on, l'instigateur de l'incendie qui ravagea la ville, à l'entrée des troupes napoléoniennes, le 14 septembre 1812.   2. Courtisane athénienne (IVe siècle av. J.-C.), maîtresse d'Alexandre le Grand, auquel elle suggéra l'incendie de Persépolis.

brûle par DEVOIR, n'ayant pas d'autre moyen *d'existence* !
– J'incendie parce que je me dois à moi-même !... Je m'acquitte ! Quel Homme je vais être ! Comme je vais vivre ! Oui, je vais savoir, enfin, ce qu'on éprouve quand on est bourrelé. – Quelles nuits, magnifiques d'horreur, je vais délicieusement passer !... Ah ! je respire ! je renais !... j'existe !... Quand je pense que j'ai été comédien !... Maintenant, comme je ne suis, aux yeux grossiers des humains, qu'un gibier d'échafaud, – fuyons avec la rapidité de l'éclair ! Allons nous enfermer dans notre phare, pour y jouir en paix de nos remords. »

Le surlendemain au soir, Chaudval, arrivé à destination sans encombre, prenait possession de son vieux phare désolé, situé sur nos côtes septentrionales : flamme en désuétude sur une bâtisse en ruine, et qu'une compassion ministérielle avait ravivée pour lui.

À peine si le signal pouvait être d'une utilité quelconque : ce n'était qu'une superfétation[1], une sinécure, un logement avec un feu sur la tête et dont tout le monde pouvait se passer, sauf le seul Chaudval.

Donc le digne tragédien, y ayant transporté sa couche, des vivres et un grand miroir pour y étudier ses effets de physionomie, s'y enferma, sur-le-champ, à l'abri de tout soupçon humain.

Autour de lui se plaignait la mer, où le vieil abîme des cieux baignait ses stellaires clartés. Il regardait les flots assaillir sa tour sous les sautes du vent, comme le Stylite[2] pouvait contempler les sables s'éperdre contre sa colonne aux souffles du shimiel[3].

---

1. « Ce qui est en trop » (Littré).   2. Saint Siméon, dit le Stylite (v. 390-459), ascète chrétien, qui passa trente-sept ans sur une colonne (*stulos*, en grec).   3. L'emploi de *s'éperdre*, verbe de l'ancien français signifiant ici « se disperser », est rare et littéraire au XIXe siècle. Inusité, le mot *shimiel* désigne un vent du désert, semblable au « simoun ». Selon le *Dictionnaire historique de la langue française*, une *Description de l'Arabie* parue en 1773 mentionne ce « vent empoisonné qu'on nomme *sâm*, *smûm*, *samiel* et *samêli*, suivant les différentes prononciations de l'arabe ».

Au loin, il suivait, d'un regard sans pensée, la fumée des bâtiments ou les voiles des pêcheurs.

À chaque instant ce rêveur oubliait son incendie. – Il montait et descendait l'escalier de pierre.

Le soir du troisième jour, Lepeinteur, disons-nous, assis dans sa chambre, à soixante pieds au-dessus des flots, relisait un journal de Paris où l'histoire du grand sinistre arrivé l'avant-veille était retracée.

Un malfaiteur inconnu avait jeté quelques allumettes dans les caves de pétrole. Un monstrueux incendie qui avait tenu sur pied, toute la nuit, les pompiers et le peuple des quartiers environnants, s'était déclaré au faubourg du Temple.

Près de cent victimes avaient péri : de malheureuses familles étaient plongées dans la plus noire misère.

La place tout entière était en deuil, et encore fumante.

On ignorait le nom du misérable qui avait commis ce forfait et, surtout, le *mobile* du criminel.

À cette lecture, Chaudval sauta de joie et, se frottant fiévreusement les mains, s'écria :

« Quel succès ! Quel merveilleux scélérat je suis ! Vais-je être assez hanté ? Que de spectres je vais voir ! Je savais bien que je deviendrais un Homme ! – Ah ! le moyen a été dur, j'en conviens ! mais il le fallait !... il le fallait[1] ! »

En relisant la feuille parisienne, comme il y était mentionné qu'une représentation extraordinaire serait donnée au bénéfice des incendiés, Chaudval murmura :

« Tiens ! j'aurais dû prêter le concours de mon talent au bénéfice de mes victimes ! – C'eût été ma soirée d'adieux. – J'eusse déclamé *Oreste*[2]. J'eusse été bien nature... »

Là-dessus, Chaudval commença de vivre dans son phare.

Et les soirs tombèrent, se succédèrent, et les nuits.

---

1. P. Citron, dans son édition (*op. cit.*, p. 366), signale qu'il s'agit d'une célèbre rengaine du Bilboquet, personnage des *Saltimbanques* (1838) de Dumersan et Varin, que le comique Odry, créateur du rôle, improvisait en scène.   2. Oreste, assassin de sa mère Clytemnestre poursuivi par les Érinyes, a souvent été représenté au théâtre par Eschyle, Euripide, Voltaire, Alfieri, Dumas, etc.

Une chose qui stupéfiait l'artiste se passait. Une chose atroce !

Contrairement à ses espoirs et prévisions, sa conscience ne lui criait aucun remords. Nul spectre ne se montrait ! – Il n'éprouvait *rien, mais absolument rien* !...

Il n'en pouvait croire le Silence. Il n'en revenait pas.

Parfois, en se regardant au miroir, il s'apercevait que sa tête débonnaire n'avait point changé ! – Furieux, alors, il sautait sur les signaux, qu'il faussait, dans la radieuse espérance de faire sombrer au loin quelque bâtiment, afin d'aider, d'activer, de stimuler le remords rebelle ! – d'exciter les spectres !

Peines perdues !

Attentats stériles ! Vains efforts ! Il n'éprouvait *rien*. Il ne voyait aucun menaçant fantôme. Il ne dormait plus, tant le désespoir et la *honte* l'étouffaient. – Si bien qu'une nuit, la congestion cérébrale l'ayant saisi en sa solitude lumineuse, il eut une agonie où il criait, – au bruit de l'océan et pendant que les grands vents du large souffletaient sa tour perdue dans l'infini :

« Des spectres !... Pour l'amour de Dieu !... Que je voie, ne fût-ce qu'un spectre ! – *Je l'ai bien gagné !* »

Mais le Dieu qu'il invoquait ne lui accorda point cette faveur, – et le vieux histrion expira, déclamant toujours, en sa vaine emphase, son grand souhait de voir des spectres... – *sans comprendre qu'il était, lui-même, ce qu'il cherchait.*

Fleurs de ténèbres[1]

À M. Léon Dierx[2].

> *Bonnes gens, vous qui passez,*
> *Priez pour les trépassés!*
> Inscription au bord d'un grand chemin.

Ô belles soirées! Devant les étincelants cafés des boulevards, sur les terrasses des glaciers en renom, que de femmes en toilettes voyantes, que d'élégants « flâneurs » se prélassent!

Voici les petites vendeuses de fleurs qui circulent avec leurs corbeilles.

Les belles désœuvrées acceptent ces fleurs qui passent, toutes cueillies, mystérieuses...

« Mystérieuses?

— Oui, s'il en fut! »

Il existe, sachez-le, souriantes liseuses, il existe, à Paris

---

1. Villiers a tiré ce « conte cruel » d'une « chronique » publiée dans *L'Étoile française*, le 25 décembre 1880. Dans son état initial, celle-ci était précédée d'une partie consacrée aux Hanlon Lees, célèbres acrobates anglais, qui se produisaient alors à Paris. De cette origine, « Fleurs de ténèbres » — dont le titre est tiré d'un poème de Villiers lui-même (« Ô toi, dont je reste interdit,/Cœur trouble et nul, fleur de ténèbres... ») — garde la trace: il s'agit moins d'un récit que d'une brève étude de mœurs à visée satirique, évocation d'une de ces « industries inconnues » décrites par Privat d'Anglemont dans son *Paris inconnu* (1862). Cependant, « Fleurs de ténèbres » tient aussi, par son thème et par sa facture, du poème en prose: on songe à telle pièce du *Spleen de Paris*, « La corde » (XXX) par exemple, où une mère recueille la « ficelle fort mince » avec laquelle son fils s'est pendu, pour en monnayer les lambeaux comme talisman.   2. Le poète Léon Dierx (1838-1912), auteur des *Lèvres closes* (1867) et des *Amants* (1879), fut un ami sûr pour Villiers, qui a brossé un chaleureux portrait de lui dans « Une soirée chez Nina de Villard ».

même, certaine agence sombre qui s'entend avec plusieurs conducteurs d'enterrements luxueux, avec des fossoyeurs même, à cette fin de desservir les défunts du matin en ne laissant pas *inutilement* s'étioler, sur les sépultures fraîches, tous ces splendides bouquets, toutes ces couronnes, toutes ces roses, dont, par centaines, la piété filiale ou conjugale surcharge quotidiennement les catafalques.

Ces fleurs sont presque toujours oubliées après les ténébreuses cérémonies. L'on n'y songe plus ; l'on est pressé de s'en revenir ; – cela se conçoit !...

C'est alors que nos aimables croquemorts s'en donnent à cœur joie. Ils n'oublient pas les fleurs, ces messieurs ! Ils ne sont pas dans les nuages. Ils sont gens pratiques. Ils les enlèvent par brassées, en silence. Les jeter à la hâte par-dessus le mur, dans un tombereau propice, est pour eux l'affaire d'un instant.

Deux ou trois des plus égrillards et des plus dégourdis transportent la précieuse cargaison chez des fleuristes amies qui, grâce à leurs doigts de fées, sertissent de mille façons, en maints bouquets de corsage et de main, en roses isolées, même, ces mélancoliques dépouilles.

Les petites marchandes du soir alors arrivent, nanties chacune de sa corbeille. Elles circulent, disons-nous, aux premières lueurs des réverbères, sur les boulevards, devant les terrasses brillantes et dans les mille endroits de plaisir.

Et les jeunes ennuyés, jaloux de se bien faire venir[1] des élégantes pour lesquelles ils conçoivent quelque inclination, achètent ces fleurs à des prix élevés et les offrent à ces dames.

Celles-ci, toutes blanches de fard, les acceptent avec un sourire indifférent et les gardent à la main, – ou les placent au joint de leur corsage.

Et les reflets du gaz rendent les visages blafards.

En sorte que ces créatures-spectres, ainsi parées des fleurs de la Mort, portent, sans le savoir, l'emblème de l'amour qu'elles donnent et de celui qu'elles reçoivent.

---

1. L'expression, aujourd'hui vieillie, signifie, selon le *Grand dictionnaire universel du XIXᵉ siècle*, « s'attirer de l'affection, des attentions ».

Repères biographiques

1838 : Naissance à Saint-Brieuc, le 7 novembre, de Jean Marie Mathias, Philippe Auguste de Villiers de l'Isle-Adam.

1843 : Demande de séparation de biens, présentée par la mère de Villiers à la suite des spéculations financières hasardeuses de son mari. Cette séparation sera prononcée en 1846.

1846 : Mlle de Kérinou, grand-tante maternelle de Villiers et sa grand-mère adoptive, s'installe à Lannion avec toute la famille, dont elle assure la subsistance.

1847-55 : Études erratiques de Villiers comme interne dans divers établissements à Tréguier, Rennes, Laval, Vannes et Saint-Brieuc. Dans l'intervalle de ces séjours en pension, il poursuit ses études sous la direction de précepteurs ecclésiastiques.

1856-58 : Divers séjours à Paris, où il fréquente les cafés et les théâtres.

1859 : Installation dans la capitale, avec sa famille. Il s'introduit dans les milieux littéraires et journalistiques. Rencontre de Baudelaire et de Catulle Mendès.

1861 : Liaison avec Louise Dyonnet, une femme du demi-monde.

1862 : Publication d'*Isis* chez Dentu (août). Bref séjour à l'abbaye de Solesmes, du 28 août au 20 septembre.

1863 : Second séjour à Solesmes (août), où il rencontre Louis Veuillot.

1864 : Rencontre de Stéphane Mallarmé et rupture avec Louise Dyonnet.

1865 : Publication hors commerce d'*Elën*, drame en trois actes.

1866 : Publication hors commerce de *Morgane*, drame en cinq actes. Collaboration au premier *Parnasse contemporain*.

1867 : Échec du mariage de Villiers avec Estelle Gautier, la fille cadette de Gautier.

1868 : Il commence à fréquenter le salon de Nina de Villard.

1869 : Voyage en Allemagne en compagnie de Mendès et de son épouse Judith, fille aînée de Gautier, de juin à septembre. Rencontre de Richard Wagner.

1870 : Première représentation de *La Révolte*, drame en un acte, au Vaudeville, le 6 mai. Nouveau voyage en Allemagne avec Mendès et son épouse, de juin à la fin de juillet. Séjour au mois d'août chez Mallarmé en Avignon.

1871 : Disparition de Mlle de Kérinou, le 13 août.

1876 : *Le Nouveau Monde* reçoit un 2e prix *ex æquo* au concours dramatique organisé par l'imprésario Théodore Michaëlis à l'occasion du centenaire de l'indépendance des États-Unis. Le projet de faire jouer cette pièce à L'Ambigu échoue.

1880 : Publication du *Nouveau Monde* (Richard et Cie).

1881 : Naissance de Victor, le fils de Villiers et de Marie Dantine, veuve illettrée d'un cocher (10 janvier).

1882 : Disparition de la mère de l'écrivain (12 avril).

1883 : Publication des *Contes cruels* (Calmann-Lévy), le 9 février. Première représentation du *Nouveau Monde* au théâtre des Nations, le 19 février.

Repères biographiques

1884 : Naissance de l'amitié de Villiers avec Léon Bloy et Joris-Karl Huysmans.

1885 : Mort du père de l'écrivain (1er décembre).

1886 : Publication de *L'Ève future*, le 4 mai (Maurice de Brunhoff); puis d'*Akëdysséril*, le 2 juillet, et du recueil de contes intitulé *L'Amour suprême*, le 24 juillet, chez le même éditeur.

1887 : Publication en mai de *Tribulat Bonhomet*, recueil de textes narratifs comprenant notamment « Claire Lenoir » (Tresse et Stock).

1888 : Tournée de conférences de Villiers en Belgique, du 14 février au 10 mars. Publication des *Histoires insolites* (Quantin), le 27 février; puis, des *Nouveaux Contes cruels* (Librairie illustrée), le 13 novembre.

1889 : Mort de Villiers, le 18 août, des suites d'un cancer. Il a épousé *in extremis* Marie Dantine et reconnu son fils, Victor.

1890 : Publication posthume d'*Axël* (Quantin) et du recueil de contes intitulé *Chez les passants* (Comptoir d'édition).

1891 : Publication posthume de *L'Évasion* (Tresse et Stock).

Choix bibliographique

Éditions des Contes cruels

Contes cruels et Nouveaux Contes cruels, sommaire biographique, introduction, notes, bibliographie et appendice critique par Pierre-Georges Castex, Paris, Garnier, 1968.

Contes cruels, introduction, notices et notes par Pierre Citron, Paris, Garnier-Flammarion, 1980.

Contes cruels, édition présentée et annotée par Pierre Reboul, Paris, Gallimard, « Folio », 1983.

Contes cruels, édition établie par Alan Raitt et Pierre-Georges Castex, in *Œuvres complètes*, t. I, Paris, Gallimard, Bibliothèque de la Pléiade, 1986.

Sur Villiers de l'Isle-Adam et son œuvre

BORNECQUE, Jacques-Henry, *Villiers de l'Isle-Adam créateur et visionnaire*, Paris, Nizet, 1974.

DECOTTIGNIES, Jean, *Villiers le taciturne*, Lille, P.U.L., « Objet », 1983.

GOUREVITCH, Jean-Paul, *Villiers de l'Isle-Adam ou l'univers de la transgression*, Paris, Seghers, « Écrivains d'hier et d'aujourd'hui », 1971.

NOIRAY, Jacques, *Le Romancier et la machine. L'image de la machine dans le roman français (1850-1900)*, t. II, *Jules Verne – Villiers de l'Isle-Adam*, Paris, José Corti, 1982.

LE FEUVRE, Anne, *Une poétique de la récitation : Villiers de l'Isle-Adam*, Paris, Champion, « Romantisme et modernité », 1999.

Choix bibliographique

RAITT, Alan, *Villiers de l'Isle-Adam et le mouvement symboliste*, Paris, José Corti, 1965. Rééd. 1986.
– *Villiers de l'Isle-Adam exorciste du réel*, Paris, José Corti, 1987.

SIMON, Sylvain, *Le Chrétien malgré lui ou la religion de Villiers de l'Isle-Adam*, Paris, Larousse, « Jeunes talents », 1995.

VIBERT, Bertrand, *Villiers l'inquiéteur*, Toulouse, P.U.M., « Cribles », 1995.

Villiers de l'Isle-Adam poète de la contradiction, Bertrand Vibert (éd.), *Revue des sciences humaines*, n° 242, avril-juin 1996.

Villiers de l'Isle-Adam (1838-1889), Actes du colloque international organisé par Michel Crouzet et Alan Raitt (26-27 mai 1989), Paris, SEDES, 1990.

Sur les Contes cruels

BERTHIER, Philippe, « "Gare, dessous !..." (Épigraphes cruelles) », *Villiers de l'Isle-Adam poète de la contradiction, op. cit.*, p. 41-51.

BESNIER, Patrick, « L'entre-deux mondes des *Contes cruels* », *Annales de Bretagne*, t. LXXVI, 1969, p. 531-539.
– « À propos des *Contes cruels* », *Bulletin de l'Association Guillaume Budé*, mars 1970, p. 161-167.

CASTEX, Pierre-Georges, *Le Conte fantastique en France de Nodier à Maupassant*, Paris, Corti, 1951, notamment p. 345-364.

GLAUDES, Pierre, « L'ironie de Narcisse (Lecture du "Désir d'être un homme") », *Villiers de l'Isle-Adam poète de la contradiction, op. cit.*, p. 53-74.

Pelckmans, Paul, « "Le convive des dernières fêtes", ou la violence banale », *Littérature*, n° 47, octobre 1982, p. 52-67.

Przybos, Julia, « La foi du récit : étude sur "Véra" de Villiers de l'Isle-Adam », *The French Review*, vol. LIII, n° 3, février 1980, p. 369-377.

Sarrazin, Bernard, « Un rire bizarre, bizarre... De Saturne à Janus : Villiers et Bloy », *Villiers de l'Isle-Adam poète de la contradiction, op. cit.*, p. 137-159.

Vibert, Bertrand, « Villiers de l'Isle-Adam et la poétique de la nouvelle, ou comment lire les *Contes cruels* ? », *Revue d'histoire littéraire de la France*, juillet-août 1998, p. 569-582.

– « La proie et l'ombre : le chasseur mélancolique », *Villiers de l'Isle-Adam poète de la contradiction, op. cit.*, p. 119-135.

Voisin-Fougère, Marie-Ange, *Contes cruels*, Paris, Gallimard, « Foliothèque », 1996.

Table

Introduction, par Pierre Glaudes 7

VÉRA ET AUTRES CONTES CRUELS

Les demoiselles de Bienfilâtre 19
Véra 29
Vox populi 40
Le convive des dernières fêtes 45
Le désir d'être un homme 73
Fleurs de ténèbres 85

Repères biographiques 87
Choix bibliographique 90

Achevé d'imprimer en novembre 2008 en Espagne par
LIBERDUPLEX
Sant Llorenç d'Hortons (08791)
Dépôt légal 1re publication : août 2004
Édition 02 – novembre 2008
LIBRAIRIE GÉNÉRALE FRANÇAISE – 31, rue de Fleurus – 75278 Paris Cedex 06